「それで、どう、でしょうか?」
「一応私も年相応の女の子なので、
自分の選んだ私服が男性から見てどう映るのか、
気になりはします」

「こんな異物と関わっても、
良い事ないですから」
「さようなら」

本嫌いの俺が、
図書室の魔女に恋をした 1

青季ふゆ

PASH!文庫

目　次

■プロローグ

食欲の秋はわかるけど、読書の秋はわからないのは俺だけだろうか？

秋の味覚を聞かれたら、サンマや炊き込みご飯、栗や柿など、思い浮かぶものは多い。

イソスタやテックトックを開けば、大量の#タグと共に、やたらと栗のモンブランが投稿されるのも、食欲の秋を象徴する一つのムーブメントだろう。

じゃあ、読書はどうか？

確かに秋は読書をするのに適した気候かもしれないけど、昔と違って現代は空調も整備されていて、その人に適した環境で読書を楽しむことができる。

そもそもの話、近年は地球温暖化とやらのせいか、「あれ、この前まで夏だと思ったらもう冬じゃね？」と思うほど、秋特有の気候の期間が短いように感じる。

秋自体の存在感が薄くなりつつある今、読書の秋と言われても余計にピンとこないのは仕方がない事だと思う。

……というか前提を吹っ飛ばすようで申し訳ないけど、読書自体、オワコンなのではないかと俺は考えている。

スマホを開けば面白くて刺激的で、ラクに楽しめるコンテンツが盛りだくさんだ。

トゥイッターやソシャゲ、ヨーチューブ、毎日待てば無料の漫画アプリ……。

遊びに費やせる時間は昔から変わっていないのに、スマホの中には無限のエンタメが溢《あふ》れていて、とてもじゃないが読書に費やしている時間もカロリーも無い。

結果的に、暇な時間を消費する手段として、読書以外を選択するのは当然の流れなのだ。

俺、清水奏太《しみずそうた》も漏れなくその流れに乗った一人で、暇な時間の大半をスマホと睨めっこする事で消費している。

もちろん、生徒という身分である以上、学校から課題図書という形で読書を強要される事もなくはない。

でもヨーチューブを開けば、一冊の本を短時間でわかりやすく纏《まと》めた動画も無数にあるため、何時間もじっと文字と睨めっこしなくても本の内容を把握する事が出来る。

おかげで、課題図書を購入する事なく乗り切ってきた。

そのような背景があったから、時たま現れる『好んで読書をする人たち』という存在が、俺には理解できなかった。

情報過多な昨今において、疲れるし時間もかかる、エンタメ摂取のコスパが圧倒的に悪い読書を好む人たちの気持ちが、一ミリも理解出来なかった。

高校一年の秋、彼女と出会うまでは――。

■第一章

「おっかしいなあ……全然見つかんない」

　近所にある某大型書店の漫画コーナーの一角。

　もう何周目かわからない徘徊を終えて、清水奏太はため息をついた。

　目の前にはずらりと並んだコミックたち。

　かれこれ十分以上、奏太は友人が面白いと薦めてくれた漫画を探していた。

「出版社の名前くらい聞いておけばよかったなー」

　普段、書店なんて全く行かないものだから、お目当ての漫画がどこにあるか見当もつかない。人気作なら入ってすぐの所にある平積みコーナーですぐに発見できそうだが、話を聞いた感じ、かなり古めの漫画で隠れた名作との事。

　電子版が無いという時点で嫌な予感がしていたが、こんなに探しても見つからないとは思っていなかった。

　そのうちなんだか面倒になってきたのと、乱雑に並ぶタイトルに少しずつ興味を惹かれ、ついつい奏太は一巻の試し読みをパラパラし始めてしまう。

ここら一帯では最大の規模を誇るこの店舗も、昨今の読書離れの影響か、夜八時という
そこまで遅くない時間にも拘わらず客はまばらだ。

子供の頃はこの書店以外にも古き良き書店がいくつかあった記憶があるが、いつの間に
か更地か別の店に変わっている。

実質このお店の一人勝ち状態のはずだけど、この有様だと近所から書店が一つも無く
なってしまうのは時間の問題かもしれない。

「あ、しまった」

随分と長い事試し読みをしてしまっていた。

時刻は九時前、確かそろそろ閉店時間だ。

「店員さんに聞くか……」

最初からそうすればよかった。周りをキョロキョロと見回し、書店員っぽいエプロンを
着用した人物を発見し声をかける。

「あの、すみません」

「はい、なんでしょ、う……か……?」

「えっ……」

店員さんは振り向くなり語尾をあやふやにして、奏太はわかりやすく驚いた。

「文月《ふづき》さん……!?」

男子の中で高めな奏太よりも頭一個分ほど低い背丈。サラサラそうな黒髪は首の辺りで切り揃えられている。

全体的にシルエットは小柄だが、胸のあたりはしっかりとした膨らみがある。

長めの前髪の奥で輝く丸い瞳はくりりとしていて、ぱっと見は小動物じみた幼さを彷彿とさせるも、よく見ると強い光を宿しているようにも見えた。

「そ……うた……くん?」

書店員さん──クラスメイトの文月葵《あおい》が、十年ぶりに会う人の名前を確かめるような慎重さで奏太の名前を口にする。

「名前、覚えていてくれたんだ」

つい奏太は、教室が一緒になって半年目のクラスメイトに対し、相応しくない言葉をこぼしてしまう。

というのも、文月と言えば教室の隅っこで気配を消して読書に励む文学少女。

言葉を交わした事はおろか、目があって会釈をした事すらない。

故に、彼女が苗字ではなく名前を認識していた事に、一抹の驚きを覚えていた。

「奏太くんは、よく聞く名前なので」

「え、俺ってそんなに人気者?」

「やたらと声の大きい女子が、貴方の名前を連呼していました」

「あー、ひなたそね。アイツ声でかいからなー」

脳裏に明朗快活なクラスメイトの顔を思い浮かべたあと、ふと奏太は尋ねる。

「ちなみに、俺の苗字は？」

「………………」

「オーケー、わかった。俺の苗字は清水。でも、全然名前で呼んでくれていいよ！」

「じゃあ、清水くんで」

ガクッと、奏太はオーバーなリアクションをする。

「人の話聞いてた？」

「聞いた上での判断です。下の名前で呼び合うほど、貴方とは親しくはないので」

「……なんか、怒ってる？」

「いいえ、特には？」

不思議そうに首を傾げる文月。言葉に棘《とげ》があるように感じるけど、これが彼女の通常運転なんだろうと奏太は思うことにした。

「それで、ご用件は何でしょうか？」

「ああ、そうだった。友達からお薦めされた漫画を探してるんだけどさ、いくら探しても見つからないんだ」

「なるほど、タイトルは何でしょう?」

「えっと……『血濡れた廃墟で僕たちは』だったかな」

「なるほど」

文月が一瞬、天井を見上げたあと淡々と告げる。

「その漫画は今、欠品してますね」

「え!? わかるの?」

「書店にどんな本が入荷されているかは、全て覚えています」

「す、凄すぎない?」

「書店員なので」

「いや、書店バイトのことは詳しくはないけど、普通じゃないと思うぞ」

少なくとも、この店内全ての商品を網羅するなど聞くだけで気が遠くなりそうだ。文月が職務に忠実すぎるのか、もしくは店内の全ての書籍を把握するほどの本好きか……。

なんとなく、後者だろうなと思った。

「念のため、パソコンで在庫確認もしておきましょうか?」

「んんー……そうだね、疑うわけじゃないけど、念のためお願いできる?」

「かしこまりました」

ぺこりと丁寧にお辞儀をしたあと、文月が歩き出す。

その後ろを奏太はトコトコと付いていった。

「まさか、文月が本屋でバイトをしていると思わなかったよ」

「私も、クラスメイトと出くわすとは思っていませんでした」

「学校からはけっこう離れた書店だからね。この辺に住んでいるの？」

「いえ、家は駅の北側ですね」

「いやそれめちゃ遠くね⁉　学校と反対方向じゃん、よく通えるね」

「意外と、なんとかなるものです」

「というか、さっきから別に敬語じゃなくていいよ？　クラスメイトなんだし」

「敬語は癖です。クラスメイトだろうと家族だろうと、砕けた口調は苦手です」

「な、なるほど。家族にも敬語は珍しいね」

「そうかもしれませんね」

奏太は積極的に話を振るが、文月は会話を広げたくないと言わんばかりに、最低限の返答しかしない。コミュ力にはそれなりに自信がある奏太だったが、彼女との会話はなかなかに難易度が高いと感じた。

「やはり、在庫は無いようです」

レジの中、手慣れた動作でパソコンを操作した文月が無慈悲に告げる。

「うー……だよねー」

がっくしと、奏太は肩を落とす。

「ま、無いもんは仕方がないよね！　ごめんね、時間取らせちゃって。駅前まで行ったら他にも書店あるし、そこにも行ってみるよ」

「駅まで行くのはなかなか骨が折れるでしょう。書店には取り寄せといって、店内には無い書籍を取り寄せるシステムがあります。希望なら取り寄せますが、いかがですか？」

「そんな便利なシステムがあるの⁉」

奏太が身を乗り出すと、その分だけ文月が後退《あとずさ》りした。

「あの、近いです」

「あ、ごめん！」

ジト目の文月に、奏太はパンっと掌を合わせ、ごめんなさいのジェスチャーをする。

「それで、いかがなさいますか？」

奏太はごめんなさいのジェスチャーのまま、ぶんっと頭を下げた。

「頼む！」

「かしこまりました、少々お待ちを」

カタカタぽちぽちとパソコンを操作し始めた文月に、奏太は笑顔を向けて言った。

「ありがとう、文月。わざわざ教えてくれるなんて、優しいんだね」

ぴたりと、文月のキーボードを叩く指が止まる。

今までぴくりとも動かなかった無表情に、ほんのりと朱色が差し込んで――。

「……しょ、書店員の仕事を全《まっと》うしているまでです」

――どくんっと、胸の辺りで音がした。

ほんの些細な変化だったが、文月は確かに表情に照れを宿した。

その不意打ちに、奏太はわかりやすく目を奪われてしまう。

……後から思い返すと、この一瞬が全ての始まりだった。

「入荷されたら連絡しますので、電話番号を教えてください」

いつの間にか表情を戻し、取り寄せの手続きを終わらせた文月が、紙とボールペンを手にして言う。その言葉に反応するのも忘れて、奏太は先ほど自分の胸に到来した熱い感情の正体を確かめていた。

「……清水くん？」

「あっ……ああ、ごめん、ぼーっとしてた。電話番号、電話番号ね……って、学校で言ってくれたらいいんじゃ？」

「学校では誰とも話したくないので」

「そ、そっか。なら、せっかくだからＲＩＮＥ交換しよう！」

提案すると、文月は露骨に顔を顰《しか》めた。

「仲良くない人と交換するのは嫌です」

「う……そっかそっか。じゃあ……まあ、仕方ないか」

奏太が電話番号を口にすると、文月はサラサラとボールペンを走らせる。

「では、お取り寄せが完了しましたら連絡差し上げます。大体、一週間から二週間くらいで届くと思います」

「わかった、りょーかい」

「他に何かご用件はありますか？」

「いや……特には」

「そうですか。それでは、私は作業に戻りますので」

「あ、うん！　本当にありがとうな、色々と」

「仕事ですので」

素っ気なく言うと、文月はぺこりとお辞儀をしてさっさと行ってしまった。

「……さて」

目的は達成した。これ以上する事もないので、奏太は書店を後にする……前に、しばらく書店にとどまった。特に気になる本があるわけでもないのに、店内をうろちょろした。

文月とすれ違う事を期待していると自覚した途端、なんとも言えない気恥ずかしさが到来して奏太は書店を出た。結局、文月はバックヤードに引っ込んだのか巡り合わせが悪かったのか、残念な事に遭遇する事はなかった。

中間テストが終わった十月の半ばの空気は冷たく、思わず肩が震えてしまう。

反して、奏太の胸の中には確かな熱が灯っていた。

思い起こす。文月の照れた表情や、凛とした佇まい。周りに流されがちな自分とは違って、己の意思をはっきりと貫く彼女の態度に惹かれている自分がいた。

帰宅しても、奏太はずっと文月のことを考えていた。

◇◇◇

——図書室の魔女。

文月は一部のクラスメイトにそう呼ばれているらしい。

放課後毎日、図書室に籠《こも》って本を読んでいる事から、その呼称がついたようだ。

それ以外にも、教室でもずっと本を読んでいる、誰とも一切喋らない、何を考えているかわからない、表情がわからなくて怖いなどなど。クラス替え当初に耳にした文月に関する評価は、あまりポジティブなものではなかった。

かと言って何か問題を起こす訳でもなく、半ば空気のような存在だったため、そのうち文月の話題を出す者もいなくなり、今となっては空気そのものになってしまっている。

「……というのが、あーしから見た葵ちゃんへの印象かな！」

書店で文月と偶然出会った翌日、二年B組の教室。

「なるほど……」

姫宮陽菜《ひめみやひな》の説明に、奏太はふむふむと頷いた。

陽菜はいつメン（いつもつるんでいるメンバー）の一人で、属性で言うとギャルだ。

身長は150センチも無くちっこいが、その存在感は他の追随を許さない。

つるりと滑りそうな白い肌に、自分の武器はわかってますよと言わんばかりに主張している胸元。化粧も迷いなくバシッと決めており、ゆるふわロングの桃色ヘアーは、いくつもの髪留めとリボンで彩られている。

制服も所々可愛らしく改造されていて、足元にはフリル付きの白ソックスが輝いていた。

自分がちゃんと可愛いという自覚があり、事実学年の中でもかなりの人気を誇る美少女、それが陽菜だった。

「え、というかどしたん急に文月ちゃんの事聞きたいって……もももしかして……」

きゅぴーん！　と、陽菜の双眸《そうぼう》が光る。

「恋が始まった!?」

「ちげーわ！　ちょっと気になっただけだし！」

「ふうん……？」

陽菜が疑い深げな瞳を向けてくる。

「いや、マジで無いからね？」

「ま！　そりゃそっか！　まさかよりにもよって、そーちゃんが葵ちゃんとなんてナイナイナッシングだもんね！」

今のところ、文月に対する感情は恋心のそれでは無い……と思う。

ちょっと興味を持っている、くらいの感覚だった。

とはいえこれ以上、文月の話題を続けるのは面倒な事になりそうな気がしたので、奏太はさっさと話題を変える事にする。

「そういえばお薦めしてくれた漫画、近くの書店に無かったけど、取り寄せしておいたから一週間か二週間くらいで読めると思う」

「え、わざわざ取り寄せたの⁉　超申し訳なさすぎる！　言ってくれたら貸したのにー！」

「いやそれ早く言え！」

「めんごめんご！　明日にでも持ってこようか？　取り寄せキャンセルは出来るっしょ？」

「あー……いや、いいよ。こういうのは自分のお金で買いたい主義だし」

というのは建前だ。取り寄せをキャンセルしてしまうと、文月と合法的に話せる機会を失ってしまう。それはなんだか……もったいないような気がした。

「なるほど！　作者にしっかりと還元する、読者の鑑《かがみ》だね！　そーちゃんのそういう所ちょーすき！」

「ひなたその好きはハードルが低すぎなんだよ」

奏太が突っ込んだタイミングで、聞き覚えのある声が鼓膜を叩いた。

「まーたエロ本読んでんのかよ！」

振り向く。教室の入り口付近で皇悠生《すめらぎゆうせい》が、いかにも陰キャそうな男子、小林《こばやし》から本を取り上げ馬鹿にしたような笑みを浮かべていた。

悠生もいつメンの一人で、属性で言うとガチ陽キャイケメン。

180センチを超える長身に、サッカー部で鍛え抜かれた体軀。一部を金髪に染め、首元にはスティックタイプのネックレス、第二ボタンまで外したシャツ。

自他共に認めるイケメンで、街を一緒に歩いていた時にモデルのスカウトを受ける場面に何度も遭遇した事がある。生まれ持ったオスとしての強い遺伝子と、社会の中でも強力なステータスである『頭脳明晰《ずのうめいせき》』『スポーツ万能』を持ち合わせた、クラス内で最も発言力のあるカーストトップの男、それが悠生だった。

「えーと、なになに？『クラスで陰キャの俺がなぜか保健室の先生に迫られている件』？タイトルなっが！　つーか欲望丸出し過ぎだろ！」

よく通る悠生の声に、教室内にいた生徒たちの視線が集まる。

「さ、最近だと普通だから！　欲望丸出し……については否定は出来ない、けど……そもそもラノベはエロ本じゃない！」

「同じようなもんだろ、少なくとも俺は教室でそんな本は読めねーな」

悠生の言葉に、教室内からひそひそ声が上がる。

わかりやすく自分に対して蔑《さげす》みの目線が向けられている事に、小林は顔を真っ赤にした。

「いいから、返してよ……!!」

「おっと、悪い悪い」

悠生がパッと離した本を、小林は慌ててキャッチする。そのまま小林は守るように本を鞄に入れた後、外界から一切の情報をシャットアウトするように机に突っ伏した。そんな小林には一瞥《いちべつ》もくれず、悠生はさっさと自分の机に荷物を置く。

一連のやりとりを見ていて、奏太は思わず顔を顰めてしまう。ぶっちゃけああいう、弱い者いじりみたいなムーヴは苦手だ。だがそれを咎めるような事はしない。自分も虐められる側に回ってしまうリスクがあるから。そんな事を考えている間に、悠生がにこやかな笑顔を向けて奏太たちの机のそばにやってきた。

「よっす、陽菜、奏太」

「ゆーせいおはよ！」

「おはよう、悠生」

奏太と陽菜が挨拶を返す。

すると悠生は奏太の隣の席——まだ登校していない生徒の椅子に勝手に座った。

「小林のやつヤバくね？　よく人前で堂々とあんな本読めるよな」

悠生が陽菜に話を振る。

「んー、人の趣味は人それぞれだから否定はしないけど、あの表紙は胸が強調されすぎててちょっと……って感じだよねー。ラノベって言うの？　私はよくわかんないけど、読んでる人は結構いるっぽいよ！」

「はあー、そうなんだな。よく好きこのんでラノベなんか読めるよな。本なんかもう、かったるくて全然読めねーわ。奏太もそう思うよな？」

急に話のボールが飛んできたが、奏太は笑顔を作って予め用意していた返答を口にする。

「あー、わかる。そもそも本自体嫌いだなー。疲れるし、活字を見ただけでウッ……ってなる。てか一冊読むのに時間かかりすぎなんよ、コスパ悪い！」

「わかる！　なんでわざわざ疲れるもん読まなきゃいけねーんだって思うよな。ヨーチューブ見てたほうが百倍楽だし面白い！」

「それな！　ただテスト期間中に見始めたら、勉強に手がつかなくなって終わるけど」

「そうか？　テスト勉強なんざ片手間でやっときゃ普通に90超えるくね？」

「クッソ天才め！　俺みたいな凡人には出来ない芸当だわ」

「ははっ、褒めても点は上がんねーぞ？」

爽やかな笑顔の中に、どこか見下すような意思を感じたが、表情には出さない。

いつも通り、悠生をヨイショする方向の会話を心がけていた。

「ちょっと、また私の席を占領して」

ちょうどそのタイミングで綾瀬美琴《あやせみこと》がやってきた。

彼女もいつメンの一人で、属性は高嶺の花子さん。

すらりと高めの身長に、凛とした美人系統の顔立ち。全体的に線は細めだが、胸部の膨らみは大きめで、青みがかった艶やかで長い髪は背中のあたりまで下ろしている。

真面目でお淑やかな才女、それが美琴だった。

「お、悪い美琴！」

全然悪びれていない様子の悠生が急いで席を立つ。

「ありがと」

美琴は微笑んで言った後、奏太の隣の席に腰を下ろした。

「美琴ちゃんおっはよー！」

「おはよ、陽菜。奏太も」

「うん、おはよう美琴」

奏太が挨拶を返した時、頭上から始業を告げるチャイムが鳴り響いた。

「ギリギリだったな、美琴！」

「間に合えば早く来ようが始業一秒前だろうが同じよ」

「ははっ、それは言えてる」

悠生は美琴に向けた目を細めた後、「それじゃ、また後でな」と言い残し、自分の席に戻っていった。陽菜も「まったねーん、美琴ちん、そーちゃん！」と席に戻る。

「珍しいね、美琴が遅刻ギリギリなんて」

奏太が話しかけると、美琴は僅かに眉を動かして言う。

「昨日、買った本が面白くて、つい夜明けまで読み耽ってしまったの」

「へえ、なんて本？」

「どうせ読む気ないでしょう」

「正解。流石、わかってらっしゃる」

そして無駄な事を嫌う合理主義者の美琴が、本のタイトルを教えてくれないのも奏太は知っている。

「……美琴？　どうしたん？」

ジッと奏太を見つめてくる美琴に尋ねるが。

「なんでもないわ」

ふいっと、視線を黒板の方に向けてしまった。

「はいはいみんな～席に着いてー。ホームルームを始めるわよー」

奏太が首を傾げている間に、茶髪セミロングのメガネ教師がやってくる。

我らの担任、沖坂《おきさか》先生である。

「えーと、今日の欠席者は……」

全員席に着き、沖坂先生が口を開いたその時、文月が教室に入ってきた。

昨日見た表情と同じ、何を考えているのかわからない無表情。

とくんと、心臓が少しだけ強く脈打ったような気がした。

「文月さん、遅刻ですよ」

沖坂先生が言うと、文月はぺこりと一礼だけして席に着く。

それからすぐに鞄を開き、本を取り出して読み始めた。

一学期の最初の頃は沖坂先生も根気強く注意していた気がするが、文月はずっとあんな調子だから、もう諦めてしまったようだ。

所構わず本を読んでいる事以外、素行は真面目で成績も優秀なため、逐一注意して進行を止めるよりも、そういうものだとして受け入れ、スルーする選択をしたのは正しい判断なのかもしれない。

他のクラスメイトたちもいつもの光景とばかりに気にも留めていない。

そんな中、奏太だけは、文月のことをなんとなく目で追っていた。

◇◇◇

昼休み。奏太はいつメンの陽菜、悠生と共にランチを決め込むため食堂を訪れた。

美琴は生徒会の仕事があるとかなんとかで不在である。

本校の食堂のメニューは全体的にハイクオリティで、それ目当てで受験を決める人も少なくはないとかなんとか。

奏太は今朝のランニングでカロリーを消費した努力を無に帰さないために、鳥の照り焼き定食ご飯少なめを注文する。隣を見ると悠生がカツ丼と味噌ラーメンのセットを注文していて、生まれつきの代謝の差にぐぬぬと歯を鳴らした。顔にも口にも出さないけど。

「ねーねー、昨日の東京オンエアの動画見た？」

明太子パスタを前にした陽菜が悠生に話を振る。

「もち！　てっちんとユウマリンの交際報告だろ？」

「流石ゆーせい！　ちゃんとチェックしてんね！　ぶっちゃけどう思った？」

「いやー、俺ユウマリン推しだったからなー。いくら東京オンエア好きとはいえ、チャラ男のてっちんと交際ってのは流石にショックだったなー」

「わかる！　ユウマリンは清楚キャラで押してたから、個人的には真面目な縁の下の力持ちポジの丸メガネくんとくっついてほしかった！　奏太もそう思うよね？」

急に話を振られ、奏太は急いで鶏肉を飲み込んでから言葉を返す。

「ほんそれな！　丸メガネくんとユウマリンの二人きりでディスニーデート企画とか、見てみたかった……」

「いいなそれ！　くっそ……でももう見れないのか……」

悠生の同意が得られた事にホッとする。

昨日、書店から帰ってきた後に東京オンエアが動画投稿をした通知が来て、急いでチェックした甲斐があった。こういう時に話題に乗り切れてかつ、その場の空気に準じた会話が出来るかどうかが、関係性の維持においてとても重要なのだ。

……個人的には、東京オンエアの動画はそこまで面白いと思ったことはないという事実は、そっと胸の奥にしまっておこうと思う。

「水取ってくる。二人のも取ってこようか？」

奏太は立ち上がって、自分のコップとは別に空になった悠生のそれを指差す。

「お、サンキュ。頼むわ〜」

「わーい！　そーちゃんありがと！」

「おすおす」

器用に三つコップを持ってから給水器の元へ。じょぱーっと水を汲んでいると、後ろの机から二年と思われる女子生徒二人の会話が耳に入ってきた。

「……ねえねえ、あそこの机に座ってる一年の子って」

「そうそう、皇くん！　ほんとイケメンだよねー」

「わかる！　モデルみたいだよね！　でも一緒に座ってた女の子もめっちゃ可愛くない？」

「姫宮ちゃんね！　あの子のイソスタフォローしてるんだけど、めっちゃお洒落なコスメとか服とかあげてて参考になるよ！　フォロワーも六十万人くらいいる！」

「六十万人！　すっご！　どのアカウント？　見せて見せて！」

「えっとね……」

　奏太は思わず得意になった。自分の座っていたあのテーブルが、周りから『イケてる連中』として見られている事に。

　悠生や姫宮たちと一緒に行動していると、そりゃまあ視線をたくさん投げかけられる。

　この優越感はクラス、いや学年の中でもトップカーストのグループに属している特権とも言えよう。どちらかというと日陰者だった中学時代と比べれば、入学してすぐに陽キャたちと仲良くなれたのはとても良かった。

　高校ではいわゆる陽の学園生活を送りたい！

　と、髪も服装もちゃんとして、コミュ力も体も鍛え、そこそこ頑張った甲斐があったというものだ。悠生や陽菜、美琴と比べたら見劣りするが、個人的には自分も結構イケていると思ってる、多分。

しみじみと、そんな事を思いながら奏太は席に戻る。

「ほい」

「あざす！」

「ありがとー！」

二人の前にコップを置いて席に着く。

同時に悠生が話を振ってきた。

「今日の放課後カラオケでも行かね？　ちょうど中間も終わったし！」

悠生の提案に、陽菜が秒で反応する。

「いいーーーね!!　カラオケ！　久しぶりにあーしのドルソンが火を噴くよー！」

「まーたBBSだろうどうせ！」

「正解ー！　ちょうど先週新曲が出てさー、家で練習してるから歌いたいんだよね」

「そりゃ楽しみだな！　他にも何人か誘っとくわ！」

「お、いいねー！　盛り上がっていこ！　もちろん、そーちゃんも来るよね？」

当然のように聞いてくる陽菜に、奏太は内心で（今日、かあ……）と苦笑いを浮かべる。

（帰って新作のゲームをやる予定だったんだけどなあ……）

どちらかというと奏太は外でワイワイするよりも、家でゲームをしたり漫画を読んだりするのが性に合っているタイプだ。

でも、そんなことは言ってられない。友達の誘いは断らないノリの良いキャラで通している以上、自分は笑顔を作ってこう答えるべきなのだ。

「もちろん！　行く行く！　俺も何曲か練習してるから、ちょうど行きたいと思ってたんだよね」

「そうこなくっちゃな！」

「そーちゃん歌上手いから楽しみ！」

「いやいや、採点で98取る人が何言うてはりますのん……」

奏太が突っ込むと、自然と場に笑いが起こる。

合わせて奏太も声をあげて笑った。

胸のどこかでモヤっとした不快感が生じた事には、気づかないフリをして。

◇◇◇

「じゃ、また明日な」

「そーちゃんじゃーねー！」

「おーう、じゃあねひなたそ、悠生」

陽はすっかり暮れて夜。駅前で陽菜たちと別れたあと、奏太は一人で帰路を歩く。

「ちょっと歌いすぎたかな……」

ヒリヒリする喉に手を当てて小声を漏らす。カラオケはなんやかんやで楽しかったけど、盛り上げ癖が災いして喉がイガイガだ。自分の歌う曲よりも、陽菜が歌うドルソンの合いの手の方に全力を尽くしてしまったので無理はない。

「うう、さぶっ……」

急に身震いがして自分の体を抱き締める。

さっきまで皆との会話に夢中で忘れていた肌寒さが一気にやってきた。

「早く帰ってゲーム、ゲームっと……」

最近熱を入れているFPSゲームを思い浮かべながら、小走りに家へ向かう。

不意に、足が止まった。昨日文月と出くわした書店の前で。

「…………」

また文月に会えるかも、という下心がなかったと言えば嘘になる。

というか嘘としか言いようがない。奏太に紙の本を買う習慣など皆無なのだから。

吸い込まれるように奏太は店内に踏み入れた。書店特有の、紙とインクの匂いに新鮮さを覚えながら店内をうろうろしていると、お目当ての人物はすぐに見つかった。

通常の本棚の下の大きな引き出しから本を取り出し、上の棚にせっせと並べている。

「よっ」

ぴたりと、本を持った手が止まり、代わりに小さな頭が奏太の方を向く。

「……入荷の連絡をした覚えはありませんが」

奏太を見るなり文月はわかりやすく警戒心を露わにした。

「ああいや、別にその件を聞きにきたわけじゃないよ」

「では、ご用件はなんでしょうか？」

「特に用事があるという訳でもないけど」

「そうですか、では忙しいので」

まるでロボットの返信みたく無機質に返した後、文月は引き出しから本を取り出す作業に戻った。

「それ、何しているの？」

「補充です。売れてスペースが出来たところに、新しい本を入れてるんです」

「へぇえ、なるほど。下の引き出しって何が入っているんだろうって思っていたけど、そういう仕組みなんだ」

「書店員の立派な仕事の一つです……というか、なんか声枯れてませんか？」

「おおっ、よくわかったね。実はさっきまで陽菜たちとカラオケ決めてて、叫びすぎちゃって」

「ああなるほど、カラオケ。パリピの遊びをしていたようで」

「パリピて。高校生なら普通でしょ」

奏太が言うと、文月は目を左上に向けてから口を開く。

「常識とは、十八歳までに身につけた偏見のコレクションでしかない」

「え、なんて？」

「相対性理論を提唱したアインシュタインの名言です。普通、常識といったものは人によって大きく異なります。自分が普通だと思っている事のほとんどは、世間の一般的な感覚から大きくかけ離れているのです」

「な、なるほど、確かに……なんも考えずに普通って使ってたけど、言われてみるとすげーしっくりくる言葉だ……」

「ご理解いただけたようで何よりです」

「というか、よく知ってるねそんな名言」

「本で読んだだけです」

無表情ながらもどこか得意げに言ってのける文月に、奏太は素直に感嘆の情を抱いた。

「さすが読書家……」

「褒めても何も出ませんよ」

「じゃあ今度一緒に行こう、カラオケ！」

「どういう文脈からそんな提案が出てくるんですか。行きませんよ、なんで貴方と」

「そっかー、残念。ところで本、好きなの？」

「書店員をするくらいには」

「だよね！　週にどれくらいここで働いてるの？」

「三日か四日くらいでしょうか……というか私、忙しいのですけど」

睨むような視線とセットで言われると、遠回しにどっか行けと言われているのがわかる。

これ以上は迷惑になるから帰らないと、という気持ちと、でももっと文月と話をしたいという気持ちがせめぎ合って。

「ねね、初心者でもスラスラ読める本、なんかない？」

文月の手が止まる。

「……急になんですか」

澄んだ双眸が訝《いぶか》しげに細められる。ほとんどなんも考えずに出てきた質問だったので、理由を聞かれても返答に窮してしまう。

「え、えっと、なんとなく読書に目覚めたというか？　やっぱこういうネット社会だからこそ、紙の本を読んでおくのも良いかなと思って、うんうん」

二秒で考えた出鱈目を文月はどう受け取ったのかはわからない。しかし結果的に文月は一つ小さなため息をつき、引き出しをガラガラと元に戻してから立ち上がった。

「お客様に本をお薦めするのも、書店員の仕事の一つです」

何も言わず、歩みを始める文月の後ろを慌ててついていく。

小説コーナーに来てから、文月が尋ねてきた。

「清水くんは、どんな物語が好みですか？」

「んー……とりあえず面白いやつ！」

「好きな食べ物は何、と聞かれて美味しい食べ物と答えるのですか貴方は」

「あ、ごめん、ざっくり過ぎた！」

「お気になさらず。清水くんの知能レベルを推し量れなかった私の責任ですので」

「ちょい待て。なんか俺今すっげーディスられた？」

「気のせいです。質問を変えます、漫画はよく読みますか？」

「漫画なら結構読む！」

「どういったものを？」

「ファンタジーとかバトルものとか……」

「動きと迫力があってわかりやすいものが好き、と。ストーリーで言うと、どんなものが好みですか？」

「やっぱり最後はハッピーエンドかなー。あと、最後の最後でどんでん返しが来てマジか！　ってなる話も好き！」

「なるほどなるほど」

ふむふむと頷いた後、文月の足は児童書コーナーに向いた。

「初心者なら、ここから始めると良いと思います」

そう言って文月が渡してきたのは、ポップなタイトルと明るくデフォルメされたキャラクターが表紙に描かれた文庫本。ジャンルは一応ミステリーのようだが、一目でそれが小学生くらいを対象とした本だとわかった。

「いや、流石に子供っぽすぎない？　小説といったらもっとこう、芥川龍之介とか、夏目漱石とか……」

「それは純文学ですね。エンタメ小説とはまた少し毛色の違うジャンルです」

「そうそう純文学！　そういうの読んでみたいんだけど、なんかカッコ良さそうだし」

奏太が言うと、文月はわかっていないなと言わんばかりに眉を顰《ひそ》めた。

「予言しますが、清水くんのような人が一冊目で読む本じゃないです。必ず挫折します」

「いや、まさか」

「本、全く読んできた事ないんですよね？　だったら最初はそれを一冊読むのにも苦労すると思います」

「いやいやいや、まっさかー」

「嫌ならもうお薦めしません」

ぷいとそっぽを向く文月。

「あああごめん、せっかくお薦めしてくれたのに」

「お気になさらず。あくまでもお薦めなので、買うか買わないかはお客様次第です」

「じゃあ買うよ」

さらっと奏太が言うと、文月は意外と言わんばかりに目をぱちくり。

「え、何その反応」

「いえ……本当に買うとは思っていなかったので」

「小説、読んでみたいなとは思ってたし、それに……学校でもずっと本を読んでいる文月のお薦めだから、読んでみたくなった」

「……そう、ですか」

大人しめの声を漏らす文月。

気のせいだろうか。ほんの少しだけ、彼女の表情に『喜』の感情が浮かんだのは。

文月から本を受け取る。指先から確かな重さとつるつるとした質感が伝わってくる。

小説などもう何年も手にしていないので、なんだか不思議な気持ちだった。

「他に何か買われていきますか？」

「ううん、とりあえずこの一冊でいいや」

「ではあちらでお会計をお願いいたします」

「わかった、ありがとうね」

「いえ、では」

ぺこりと文月は頭を下げてどこかへ行く。本棚エリア担当とレジ担当は分担されているらしく、ここで文月とはお別れだ。お会計をした後、再びまた文月に話しかけにいく……のは流石にキモいと思ったので、そのまま奏太は退店した。

「あの」

書店を出て二歩三歩と歩いたところで、後ろから声をかけられる。

振り向くと、そこには文月が立っていた。

「どうしたの、文月さん？」

尋ねると文月は視線を彷徨わせていたが、やがて意を決したように。

「これ」

そう言って文月が差し出してきたのは。

「のど飴？」

「私もたまに喉をやるので、常備しているのです。よかったら」

単なる気まぐれか、ささやかな善意か。

どちらにせよ、あの文月が自分から話しかけてきた事に奏太は一抹の驚きを覚えた。

「なんですか、いらないなら返し……」

「いや貰う貰う！　欲しいですください喉が砂漠みたいになっててやべーんですほんと」

奏太が懇願すると、文月は呆れたようにため息をついてからのど飴を手渡してきた。

「本当にありがとうね、色々と」

「お気になさらず。では、私は仕事があるので」

ぺこりと一礼して、文月は店に戻っていった。

「やっぱり優しいな……文月さん」

そう言いながらラベルを剝がして、のど飴を口に入れる。

舌先を通じて柑橘系の甘い味がしっとりと伝わってくる。

「こんなに甘かったっけ……」

コロコロと飴を転がしながら帰路に就く。

カラオケで荒れた喉を飴の成分がじんわりと包んでくれる。

心なしか、徐々に痛みが和らいできた気がした。

バッグの中に入った本の存在を思い浮かべながら、奏太は呟く。

「ゲームは明日……にするか」

◇◇◇

「……ゲームしたい」

自室のベッドの上で奏太は呟く。

時刻は夜十時過ぎ、手には文月のお薦めで購入した文庫本。

『よし今夜中に読破するぞ！』と意気込んで本を開いたのがほんの十分前。

およそ五ページ目にして、奏太の心は早くも折れかけていた。

「うぐ……全然場面が頭に入ってこない……面白くない……眠い……」

生まれてこのかた本など全く読んでこなかった奏太にとって、読書は想像以上の苦行であった。まず文章から意味を読み取る作業が膨大なカロリーを消費する。

その文章が意味する場面を想像し、今どこで誰がなんのために行動しているのか、リアルタイムで想像しなければならない。しかし読めども読めども、奏太の頭の中は靄《もや》がかかったように真っ白。文章によっては何度も読み返さないと、今何の話をしているのかわからなくなるほどだ。これでは今夜中に読破どころか、読み終えるのに一週間くらいかかるんじゃないかとすら思えてきた。

「ゲームしたい……漫画読みたい……」

読書よりもずっと楽に楽しめるものに逃げたくなってくる。

「いや、ダメだ……!!　このくらい読めないと……」

今にも落ちてきそうな瞼を無理やりこじ開ける。

ふと、文月のことが頭に浮かんだ。

放課後の書店での一件を通して、文月に対する興味がより強くなっていた。

もっと彼女のことを知りたい、仲良くなりたいという気持ちが確かに芽生えていた。

そのためには、何としてでもこの本を読破しなければならない。

文月と共通の話題を作るんだと、自分を鼓舞した。

「えっと……つまりこのタクヤってやつはアカリのことを好きなのか……」

音読してみたり、口に出して情報を整理してみたり、スマホで言葉の意味を調べたり、とにかく前に進むために色々試してみる。そうして四苦八苦しながら読み進めていくうちに頭が慣れていったのか、少しずつ『眠い、つまらない』から『面白いかも、もっと先を読みたい』という気持ちに切り替わってきた。

「え……マジで？　まさかのそういう展開……？」

気がつくと俺は、時間も忘れて本の世界に入り込んでいった。

◇◇◇

「はい、じゃあ五十四ページの問四、みんな解いてみて。制限時間は三分ね～」

翌日、現代国語の授業中。沖坂先生の掛け声で皆一斉に問題集と睨めっこを始めるが、奏太はそれどころではなかった。

（ね、むい……）

昨晩の夜更かしと、現国は奏太が苦手な科目ということもあり、とんでもない眠気が奏太を襲っていた。それでも何とか問題を解こうと問いを読み込む。

（えーと、なになに……下線部Aの時の、太郎《たろう》の心情を次の四択から答えろ？　いや、無理ゲー……）

文章問題の四択は、奏太が世界で二番目に苦手な問題形式である。

ちなみに世界一の苦手は記述式問題だ。滅びればいいと思っている。

ただの文章から登場人物の心情を逆算するなんぞ、少なくとも寝不足で回っていない頭で考えられる問題ではなかった。そのうち段々と眠気の方が優ってくる。

手で支えていた問題集が滑り落ち、こくりこくりとうたた寝を……。

「こらこら清水くーん、学校は寝る場所じゃないですよー？」

「はっ……」

沖坂先生の声で奏太は夢の世界から帰ってきた。

知らぬ間に眠りに落ちていたらしい。

「や、やだなあ、沖坂先生！　可憐で麗しい沖坂先生の授業を何よりも楽しみにしている俺が、居眠りなんてするわけないじゃないですか～！」

奏太がちゃらけたように言うと、教室内からクスクスと笑いが起こる。対する沖坂先生は、口角は吊り上がっているのに目は笑っている表情で奏太に尋ねる。

「ふーんそうなんだー。じゃあ五十四ページ問四の答えは？　私の授業を楽しく聞いていたなら当然、答えられるはずよね？」

「ご、五十四ページ問四ッ……」

いつの間にか閉じていた問題集を慌てて捲《めく》る。

「なに問題集をペラペラしているの、しみずくん？　授業を聞いていたらそのページを開いているはずよね、し・み・ず・く・ん？」

「えっとお、そのお……」

「ちなみに問題はAからDの四択だから、適当に答えても二十五％の確率で当たるわ。まあ授業を聞いていたら当然正解よね？」

笑顔のままとんでもない圧を放ってくる沖坂先生に、汗をダラダラ流しながらしどろもどろになっていると。

「Bよ、B」

隣席の美琴が、ノートを取りながらこっそり答えを教えてくれた。

「あ、Bです！　B！　B！」

奏太が元気よく答えると、教室内から「お～」と感嘆の声が上がる。

沖坂先生は面白くなさそうに眉を顰めた。

「ちいっ、二十五％の神様に救われたわね。そう、正解はB！　太郎はこの時、花子《はなこ》に心無い言葉をぶつけられてとても悲しかったの」

ほっと安堵の息をつきつつ、隣席に視線と小声を差し向ける。

「さんきゅ、美琴。助かった」

ノートを取る繊細な手が止まる。

「どういたしまして」

前を向いたまま美琴はそれだけ言って、再びノートを取り始めた。

◇◇◇

「いやー、改めてありがとうね、美琴！　ほんと助かったよ！」

昼休みの食堂。いつメンたちとランチタイムと洒落込んでいる時、奏太は美琴に両手をパンっと合わせて頭を下げた。

「私と奏太の仲じゃない、気にしないで。……そういえば私、急にメロンパン五個くらい食べたい気分になってきたわ」

「まあまあ食べるね！　でも仕方がない、これも居眠りの代償か……」

「冗談よ、私今ダイエット中なの。もし買ってきたら拳を飛ばすところだわ」

「こっわ、トラップじゃん！」

「でも珍しいねー！　そーちゃんが居眠りだなんて」

手のひらサイズのちっちゃいお弁当を食べながら陽菜が言う。

「そもそも現国はだいたい眠いんだよね。でも今日は朝まで起きてたから、流石に耐えられなかった」

「またVALORAND？」

「いや、本読んでた」

「へえ、意外！」

陽菜がぱちくりと目を丸める。

「本!?　お前、本なんか読むキャラじゃねーだろ！」

悠生が茶化すように言ってきた。

「ちょっと気が向いて読んでみよっかなーと思って。キャラじゃないのは重々承知！」

「だよな！　で、どうだったよ？　やっぱ文字しかないのダルくね？」

悠生の同意するような問いに、奏太は喉まで出かけた言葉を一度グッと呑み込んで、違う答えを口にした。

「う、うん……正直、かなりしんどかった……長いし、疲れるし、全然進まないし……」

「だよなだよな！　ほんっと、本なんてつまんねーよ。読んでる奴の気がしれねーな」

「ははは……本当にそうだよね、俺もそう思うよ」

悠生に合わせて奏太も一緒に笑う。

胸にちくりと刺すような痛みが走ったのは多分、気のせいだ。

「……でも、朝まで読んでたんだ」

ぽつりと、美琴が誰にも聞こえない音量で溢《こぼ》したその時。

（あ……）

食堂の入り口で、きょろきょろとあたりを見渡す少女に視線が吸い寄せられた。

首までかかりそうなくらいのショートカットに丸まった背中、文月だ。

「ちょっとトイレ！」

「いってらりんー！」

陽菜の声に見送られ、奏太は文月の元へ。

「よっ」

「……学校では誰とも話したくないと言ったはずですが」

顔を逸らし、小声を漏らす文月は不機嫌を表情に描いた。

「ごめんごめん！　でもどうしても、言いたい事があって」

今朝からずっと胸に押し込めていた気持ち。

それを唯一共感してくれるであろう文月に、奏太は目を輝かせて言った。

「昨日お薦めしてくれた本、めっちゃ面白かった！」

嘘偽りない興奮と共に放たれた言葉に文月は目を丸くする。

「い、一日で読んだのですか。それで、目元にクマが……」

「つい読み耽っちゃって、結局朝までかかったよ」

変化に乏しい表情に、ほんのりと驚きが浮かぶ。まさか文月も、薦めたその日中に読破してくるとは思っていなかったのだろう。それも、普段本なんか全く読まない陽キャポジの同級生となればなおさらだ。

「いやー、でもまさか犯人がずっと主人公の親友だと思っていたシンジだったとはなー。最後の最後で明かされる展開はまさに、俺が好きなやつだったよ」

「そうですね、そうですね。随所に張り巡らされた展開と、このキャラが犯人だと思わせておいて実は……という巧みなミスリードがあの作品の見どころだと思います」

わかってますねと言わんばかりに文月が頷く。

今まで彼女の口調とは違う、棘の取れた声色だった。

ほんの少しだけ、文月との距離が縮まったような気がして嬉しい気持ちになる。

それとは別に、自分が作品を読んで感じた『面白かった』を、誰かが同じように『面白い』と共感してくれる楽しさを奏太は感じていた。

無理をしてでも読み切ってよかったと奏太は思った。

「文月が言ったように、このくらいのレベルが今の俺にとってちょうど良かったよ。ありがとう、本当に」

「まあそうでしょうね。このレベルの本で朝までかかっていたのでしたら、純文学を選んでいたら一週間は飛んでましたよ」

「それは違いないね」

「……なにはともあれ、楽しめたのであれば、良かったです」

ふわりと、文月の表情に笑顔が灯る。今まで見てきた刹那的で小さな笑みではなく、はっきりと『笑っている』とわかるような、確かなもの。

前髪で隠れているが、よく見ると文月の顔立ちは整っており、美少女と評して差し支えない容貌をしている。加えて普段ほとんど無表情な彼女の奇跡の一瞬とも言える笑顔に、奏太の心臓がどくりと高鳴った。

「あの、さ」

気がつくと、口を開いていた。

「頼みがあるんだけど」

「頼み、ですか？」

ちょこんと小首を横に倒す文月に、奏太が手をパンっと合わせて言う。

「また、お薦めを教えてほしい！」

その言葉に、文月は目をぱちぱちと瞬かせる。それから何やら悩むような所作をしていたが、周りをきょろきょろと見回し奏太にしか聞こえない声で言った。

「……放課後、図書室に来てください」

◇◇◇

放課後、文月に言われた通り奏太は図書室を訪れた。

本を読まない奏太にとって図書室は、入学式の翌日に行われた学校案内以来で、足を踏み入れた途端どこか懐かしい気持ちになる。

「来たは良いけど……」

ぱっと見回すも文月の姿は見つからない。本棚がずらりと並ぶ奥の方に足を運ぶと、たくさんの重たそうな本を一生懸命棚に戻す作業をしている文月を見つけた。

「手伝うよ」

肩から荷物を下ろして本を何冊か手に取ると、隣で作業が止まる気配がする。

「いえ、これは図書委員の仕事ですので」

「いいって、いいって。男手があったほうが早く終わるでしょ」

「ですが」

「のど飴のお礼ってことで」

「むう、では……」

貸し借りの清算はきちんとする性なのか、文月はそれ以上拒否することなく奏太の手伝いを受け入れた。あいうえおの順に本を並べてほしいという文月の指示に従って、忠実に任務をこなすこと十分。

「ありがとうございました、助かりました」

ぺこりと、文月は礼儀正しく頭を下げる。

「どういたしまして。早く終わって良かった良かった」

「お薦めの本、でしたよね？」

「そうそう、また何か教えてほしいな〜と。あ、でも図書委員の仕事がまだあるよな」

「大丈夫ですよ、ちょうど今終わったところですし」

そう言って文月は小説コーナーに足を運ぶ。

「昨日購入した本と、同じような系統で良いですか？」

「頼む！」

それから文月のチョイスによって、奏太は一冊の本を借りる運びとなった。

「昨日の本と作者が同じなので、面白さの方向も似ているし、読みやすいと思います」

とのこと。

「ありがとう！　帰ったら早速読んでみるよ」

「夜更かしはし過ぎないように。また沖坂先生に怒られますよ」

「うっ、見られていたか」

「同じクラスでしょう。では、私はこれで」

「帰るの？」

「いえ、私は下校時間まで本を読んで帰ろうかなと」

「お、じゃあ俺も読んで帰る！」

奏太が意気揚々と言うと、文月は明らかに嫌そうな顔をした。

「え、何その反応？」

「念のためなのですが、まさか一緒に読もうとか言ってきたりしませんよね？」

「ダメなの？」

奏太が首を傾げると、文月はそれはもう大きなため息をついた。

「私がクラスの人たちになんて呼ばれているか、知らないわけじゃないでしょう？」

「図書室の魔女とかいうやつ？　それが？」

「……私なんかと一緒に本を読んでいるところを他の生徒に見られたら、清水くん的に色々まずいでしょう」

「あっ、あー、そういう……」

合点がいった。クラスにおける奏太の立ち位置は、トップカーストに所属する人気者の一人。そんな奏太がクラスのカースト最底辺に属する、地味で本ばっか読んでる女子生徒と仲良く読書をしているところを見られると……どんな噂が立てられるかわかったもんじゃない。少なくとも、悠生や陽菜からの追及は免れられないだろう。

「俺は……気にしないけどね」

半分、嘘をついた。人にどう見られているかを強く意識する奏太にとって、妙な噂が立つのは避けたい事態だ。

下手したら今自分が築き上げてきた居場所すら危うくなる可能性も孕《はら》んでいる。

でも一方で、もっと文月との距離を縮めたい、一緒にいたいという気持ちもあった。

その二つの気持ちがせめぎ合って、奏太はどっちつかずな返答をしてしまっていた。

「……私が、気にするんですよ」

文月は小さく言った後、何も言わずに歩き出す。慌ててその後を追う奏太。

ついてくるなとは、言われなかった。

「ここは……」

やってきたのは、図書室の奥にある扉の先。

文化部の部室くらいの広さの部屋で、壁際にはびっしりと本棚が並んでいる。

「図書準備室です。図書委員にだけ鍵を渡されていて、委員は私一人だけなので、人が入ってくることはありません」

「おお、すごい！　秘密の読書場じゃん」

「普段はここで本を読んでいます」

そう言って文月は鞄の中から一冊の文庫本を取り出す。

それから長机の端っこの席に腰掛け、無造作に前髪をかき分けヘアピンで留めた。

古ぼけた照明の下に晒された、二つの澄んだ瞳に奏太の視線が吸い寄せられる。

「……なんですか？」

「いや、随分と印象変わったなって」

「前髪が邪魔で読みにくいので」

「なるほど」

(前髪……ないほうがいいなあ)

なんて感想を抱いていると、文月が尋ねてくる。

「座らないんですか？」

「え、いや、いいの？　俺もここ使って」

「使って不都合が生じることもないですし、怒られる事はないでしょう」

「じゃなくて、文月はいいの？　その、俺と本を読むの、嫌じゃない？」

「自分から提案しておいて、今更なんでそんな不安げなんですか」

「いやー、はは。半ばノリと勢いで言ってみたから」

奏太が頭を掻いて言うと、文月はため息をついて言葉を空気に乗せる。

「うるさくしなければ、別にいいですよ。それよりも、貴方を追い返す労力の方が高そうですし」

「どんだけ俺しつこいと思われてんの⁉」

「うるさいです。騒ぐようなら追い出しますよ」

「ごめんなさいすみません静かに本を読ませていただきます」

いそいそと奏太は先ほど借りた本を取り出し、文月の隣に座った。

「気が散るのでそんな近くに寄らないでください」

「ぐは、了解」

移動し、文月の斜め前の席に。それでも文月は一瞬嫌そうな顔をしたが、やがて諦めたように息をついた後、本に視線を落とした。どうやらこのポジションは許されたらしいぞと、奏太は心の中でガッツポーズをする。

それから奏太と文月は、黙々と読書に耽った。と言っても、奏太の方はまだまだ読書に不慣れで、ページを捲るペースは遅い。同じ空間に文月がいるという緊張感もあって、奏太の集中力は途切れ途切れだった。

（静かだなー……）

本から視線を上げてふと、奏太は思った。微かに聞こえてくるのは、遠くで運動部が部活に興じる掛け声、時折ぺらりとページを捲る音、そして自分以外の静かな吐息。

普段、スマホでSNSをだらだら眺めたり、目まぐるしく画面が変わりゆくオンラインゲームに興じたりするよりも、ずっと落ち着いた心持ちだった。

（こういう時間も、いいね……）

そう思いつつ、ちらりと、奏太は文月の方を見た。

背筋をピンと伸ばし、じっと本を読む文月。その佇まいは落ち着きと知的さを感じさせ、ずっと眺めていたくなるような不思議な魅力を纏っていた。

奏太自身が落ち着きのない性格をしているため、自分にはない静けさと流麗さを持つ文月の人柄に惹かれているのかもしれない。

「……何か？」

奏太の視線に気づいた文月がじっと眉を寄せる。

「いや、可愛いなーと思って」

奏太としては、何気ない一言のつもりだった。

陽菜のメイクがバッチリ決まっている時に言う『今日めっちゃ可愛いじゃん』とかと同じくらいのテンションで言った言葉だった。

「か、かわっ……」

しかし、他人からプラスの評価を貰ったことがほとんどないであろう文月にとって、奏太が紡いだ言葉は絶大な威力を発揮した。

「おちょくるのはやめてくださいっ。私は今、読書に集中しているんです」

染み一つない白い肌をほんのりいちご色に染めて抗議する文月。

そんな反応が返ってくるとは思っていなくて、奏太はたじろぐ。

「あ、ああ……ごめん、邪魔しちゃって」

「全くです、もう……」

表情に動揺を残したまま、文月は読書に戻る。

これ以上見ていたら本気で怒られそうなので、奏太も視線を本に戻した。

（お世辞じゃ、ないんだけどなあ……）

思いつつ、奏太は先ほどの文月の狼狽《うろた》えっぷりを思い返す。

（そんな表情も、出来るんだ……）

異性の純粋な照れを見るのはいつぶりだろうか。頬がひとりでに熱くなる感覚。

自分がわかりやすく文月のリアクションを『可愛い』と思った事に、奏太の胸はざわざわと音を立てた。

それから下校時間まで本と睨めっこしていたが、不思議な事に全くと言っていいほど内容が頭に入ってこなかった。

◇◇◇

「この時間に学校を出たの、初めてかも」

下校時刻も過ぎ、生徒がすっかりいなくなった校庭を歩きながら奏太が言う。

「毎日だいたいこの時間まで読書をしているので、見慣れた光景ですね」

「毎日!?　すご！」

「すごくはありません、ただの慣れです」

そんなやりとりをしながら校門を抜ける。

「確か家は駅の北側だったよね」

「よく覚えていますね」

「という事はここでお別れかー、しくしく」

「下手な嘘泣きですね」

学校から見て駅は北方向、奏太の家は南方向だ。

「とはいえ今日もバイトなので、途中まで方向は同じです」

「なんと！　バイトは何時からなの？」

「とい う事は、一時間くらい時間があるね。よし、じゃあカラオケ行こう!」

奏太が提案すると、文月は目を左上に向けてから口を開く。

「イギリスの美術評論家、ジョン・ラスキンは言いました。人生は短い。この書物を読めば、あの書物は読めなくなる、と」

「えっと……つまり?」

「私の短い人生の一部を、貴方とカラオケという時間に使いたくありません」

「はっきり言うね」

「はっきり言わないと食い下がってくるでしょう?」

「うぐっ、それはそうかも」

「というわけで、諦めてください」

「ざーんねん。じゃあ、バイトの時間までどうするん?」

「いつも利用しているカフェで読書と宿題の予定です」

「へえー!　カフェで読書!　お洒落!」

「念のために言っておきますが、ついてこないでくださいね?　一緒に帰っているところを見られる訳にもいかないので」

声色から明確な拒否の色を感じ取った奏太は、両掌を胸の前で広げて頷く。

「十九時からです」

「おーけーおーけー、流石にこれ以上は邪魔しないよ」

「理解が早くて助かります、それでは」

ぺこりと行儀良くお辞儀をして、文月が背を向ける。このまま静かに見送るという選択肢もあったはずだが、思わず奏太は口を開いていた。

「文月さん！」

くるりとこちらを向く文月。

「何か？」

と真顔を向けてくる文月に、奏太は尋ねた。

「また、本を読みに行っていい？」

図書室の読書スペースで、ではなく図書準備室で一緒に、という意図は伝わっていると思う。文月は相変わらず、肯定的とも否定的とも取れない無の表情のまま言った。

「ご自由に」

とりあえず嫌われてはいないみたいだと、奏太はポジティブに考えることにした。

■第二章

ご勝手に、という言葉に甘えて、奏太はちょくちょく図書準備室へ赴くようになった。

正確には、悠生に遊びに誘われたりする日以外は大抵、放課後は文月と読書をして過ごしている。一冊の本を読み終えると、図書室のラインナップの中から文月にお薦めの本を教えてもらって、借りて、また読んでの繰り返しが奏太のルーティンとなった。

十月が終わり十一月に入って、読破した本は十冊ほど。

段々と読書にも慣れてきて、コンスタントに本を読み進められるようになった。

家に帰ってゲームしたり、だらだらとSNSをしていた時よりも、充実した日々を送っているように奏太は感じていた。

「文月はいつも、どんな本を読むの？」

とある平日の放課後、図書準備室。読書をしている最中、奏太はふと文月に尋ねた。

文月はいつも本にブックカバーをかけているため、どんなタイトルの本を読んでいるのか奏太は知らなかった。

「今は純文学ですね」

「今は、というと普段は違うのか」

「私の中でブームみたいなのがあるんです。重厚なミステリーを読む時があれば、ファンタジーのライトノベルを読む時もありますし。少し毛色を変えて自己啓発系のビジネス本を読む時もあります」

「へえ、オールマイティーなんだね」

「乱読派とも言います」

「今読んでる純文学は、夏目漱石とか芥川龍之介とか?」

「それしか文豪をご存じないのですか。夏目先生は偉大な作家ですよ。『こころ』は名作です。全人類が読むべきです」

「へえ。昔、千円札になってたって事と、『月が綺麗ですね』しか知らないや」

「逆にどうして月のくだりを知っているんですか?」

「『月が綺麗だっぴ☆』ってボカロの曲があってさ。ヨーチューブのコメント欄に夏目漱石の名言が元だって書かれてて、それで知ったんだ」

「ああ、そういう……」

ちょっぴり期待はずれそうな表情をする文月。

「ちなみに、どういう経緯でそのフレーズが誕生したのか、ご存じですか?」

「うっ……そこまでは知らない」

「夏目先生は愛媛の高校で英語の教師をしていたんです。ある時、一人の教え子が『I love you』を『私はあなたを愛しています』とそのまま直訳したのを、夏目先生が『月が綺麗ですね』とでも訳しておきなさいと生徒に言った事が、誕生のきっかけらしいです」

「へえぇ！　なるほど、そんな経緯があったんだね。一つ賢くなったよ」

「ちなみに、そのフレーズを実際言ったかどうかは定かではない都市伝説みたいなものらしいので、鵜呑みにしないほうがいいですよ」

「まさかの掌返し！　すっげーお洒落な訳をするんだなって感激したのに！」

「元ネタを知らない人に言ったら、普通に痛い人になるので気をつけてくださいね」

「使うわけなっきゃろ。確か、月が綺麗ですねの返事もあったよね、なんだっけ」

「あなたのためなら死んでもいいわ」

「そう、それ！　さすが！　でも話の流れ的にこっちも都市伝説なんだろうなー」

「こっちは本当らしいですよ。ロシアの文豪、ツルゲーネフの『片戀』という小説に使われている台詞を、二葉亭四迷先生がこう訳したらしいです」

「知識の量えげつ過ぎじゃない文月先生？」

「本で読んだだけです」

「さすが……!!　でも、そんなたくさん本読んで疲れない？」

なんとなしに奏太が尋ねると、文月は目を左上に向けてから口を開く。

「アイルランドの作家、リチャード・スティールは言いました。心にとっての読書は、身体にとっての運動と同じである、と」

「えっと……つまり？」

「本は私にとって読めば疲れるものではなく、むしろ読まないと心の安寧が保てない、必要不可欠なものという事です」

「ほえー、本当に読書が好きなんだな」

「人生そのものと言っても過言ではありません」

どこか誇らしげに鼻を鳴らす文月に、奏太は思わず口角を持ち上げる。こうしてたまに雑談に応じてくれるくらいには、奏太に対する態度は軟化していた。

最初に書店で出会った時の、明らかな話しかけるなオーラを放っていた彼女と比べると雲泥の差である。積極的に話しかけ、徐々に文月との距離を縮めていった奏太のコミュ力の賜物でもあるが、そもそも文月葵という少女が、人と話す事に対し、そこまで消極的ではなかったという側面もあった。

教室では誰とも一言も言葉を交わさず、ずっと黙っている文月だが、それは単に会話をする相手がいないだけだ。その分、大量に本を読み込んでいるのもあり、彼女自身の頭の中にはたくさんの知識や言葉が溢れている。

心を開いたわけではないにしろ、奏太という話し相手が出来てからは、人並み程度には会話のキャッチボールをしている印象であった。

「ああ、そういえば」

珍しく、文月の方から話を切り出す。

「昨日、例の漫画が入荷したので、都合良い時に取りにきて頂けると」

「お、了解！　じゃあ今夜取りにいくわ」

「わかりました。今日はシフトに入っているので、声をかけてください」

「おけ！　本当にありがとうね、色々と」

「……仕事ですので」

ふいっと文月が顔を逸らす。褒められ慣れていない文月が不器用に浮かべた照れの感情に、奏太も思わず頬を緩めてしまうのであった。

◇◇◇

夜、奏太は書店に赴き文月に声をかけた。

「持ってくるので、少々お待ちを」

文月は慣れた所作で、取り寄せた漫画をバックヤードから持ってきて奏太に渡す。

「おお、これこれ！　確かに受け取ったよ、ありがとう！」

『血濡れた廃墟で僕たちは』と題した漫画を手に、うっひょいとはしゃぐ奏太に、文月はどこか胡乱《うろん》げな目で尋ねた。

「その漫画、好みじゃないですよね？」

ぴたり、と奏太の表情が止まる。

「どうしてそう思ったの？」

「今まで清水くんが読んできて、面白かったと評していた小説のラインナップから察するに、そんな気がしました。清水くんはどちらかというと、物語の雰囲気は明るめで、読み味はそこまで重くないものが好みだと思うので。その、いかにも重厚そうでバッドエンド臭が漂ってる表紙のその漫画は、肌に合わないかと」

「な、なるほど。すごい分析能力……!!」

「好みはある程度偏りますから、何冊か好きな本がわかれば、そう難しくないですよ」

「でも言われてみると……確かにちょっと、好みじゃないかもなー」

死んだ目をした主人公と思しき青年を背景に、無機質な廃墟、それに血飛沫《しぶき》がコーティングされた表紙もさることながら、事前に陽菜から聞いたざっくりしたあらすじも、正直奏太の琴線を震わせるものではなかった。

「なら、どうして読むのですか？」

素朴な疑問を投げかけられ、奏太は間髪入れずに答えた。

「んー、友達が読んでるから？」

返答には間があった。

ただでさえ温度の低い文月の瞳が、ぐっと下がっていく様相が見てとれた。

（あれ、なんか変なこと言った……？）

そう思うも束の間、文月の冷たい言葉が空気を揺らす。

「なんだか、つまらない理由ですね」

その声は失望しているようにも、憐れんでいるようにも聞こえた。次の言葉が咄嗟に出なかったのは、文月の言葉に、ある程度の納得を覚えてしまったからだと奏太は気づく。

おそらく文月に悪意はなかったのだろう。率直に思ったことをそのまま口に出した、という、いつもの文月らしい言葉だったように思える。

「お会計はあちらでお願いします」

この会話は広げるつもりはないと言わんばかりに、文月は言う。

「おけ……それじゃ、また明日」

かろうじて絞り出した言葉に対して、文月は無言だった。

書店を出て、帰路に就く。

——なんだか、つまらない理由ですね。

先ほどの言葉は十一月の冷気のように冷たく、頭にこびりついて離れなかった。

◇◇◇

「……本、読みたい」

自室のベッドの上。先ほど購入した漫画を手に、奏太はぽつりと溢した。

読むカロリーで言うと、本よりも漫画の方が圧倒的に低く、サクサク読めるはずだ。

それなのに、序盤のあたりでもうページを捲るスピードが鈍いのは、文月が言ったように自分の好みと圧倒的に合っていないからであろう。

「全然頭に入ってこない……」

複雑な設定、鬱々としたキャラクターたち、全体的に暗いストーリー展開。これ絶対に誰も幸せにならんでしょ、という嫌な予感がひしひしと伝わってくる。

わかりやすくて、登場キャラたちも生き生きしていて、ストーリーも明るめな物語を好む奏太には、とことん合わないテイストだった。読む人が読めば名作なんだろうという雰囲気は伝わってくるが、それだけだ。食の好みと同じで、世間的にはいくら美味しいと評価されている料理でも、苦手なものは苦手なのである。

陽菜に全力でお薦めされて、取り寄せまでしたと公言している以上、ちゃんと読んで感想を言わなければならない。その使命感だけを胸に、重たい瞼を持ち上げ読み進める。

「でも、読まないと……」

「……ふう、やっと終わった」

漫画をぱたりと閉じて、机に置く。

なんだかどっと疲れた。全身にまとわりつくような疲労感。

ぶっちゃけ終盤は読み飛ばしていたため、ほとんど頭に残っていない。残ったのは、なんか小難しくてグロくて重い話だったな、というふわっとした感想だけだった。

案の定、一巻の最後は後味があまりよろしくない引きで終わっており、二巻はさらなる鬱展開が待っているのだろうと容易に想像できた。お小遣いの事情もあるので、とりあえず一巻だけを購入したものの、二巻目を買いたいかと言われると『うーん』と言ったところだ。

もちろん、陽菜に強く薦められたら買うと思うが。

ちらりと時計を見やると、時刻は夜の十一時。

「あと、一時間くらいは読めるか……」

暗鬱とした気分が上昇に転じた。

気がつくと、図書室で借りた本に手を伸ばしていた。

漫画よりも本の方が読むのにカロリーが必要なはずなのに。

不思議なことに、文月にお薦めされた本の方がサクサクと読み進めることが出来た。

◇◇◇

翌朝、思った以上に早く教室に着いたらまだ陽菜しか来ていないようだった。

「おはよう、ひなたそ」

「おっはよー、そーちゃん！」

親指が見えないほどの高速スクロールで、インスタの写真をチェックしながら陽菜が答える。ちょうどよいので、そのまま奏太は話を振った。

「そういえば読んだよ、『血濡れた廃墟で僕たちは』」

「え!? マジで!?」

ぐるりんっとバネのように、陽菜の首がスマホから奏太の方へ向いた。

「昨日書店に届いて、買って読んだんだ」

「そうだそうだった。書店でわざわざ取り寄せてくれたんだよね。申し訳〜！」

「や、それは気にしないで！　ひなたそのお薦めとあれば、世界中を駆けずり回ってでも入手しないといけないと思ってるから！」

「世界中って！　スケールデカすぎウケる〜！　でもさすが、そーちゃんやさ男！　それで、どうだった⁉」

爛々と輝く瞳がずいっと近づく。面白かったに違いないから、返答はわかっていますと言わんばかりのテンションで。ここでなんと答えるか、奏太の答えは決まっている。

「う、うん、面白かったよ」

「だよね！　だよね！」

共感されて嬉しい！

と全身で表現する陽菜の傍らで、奏太は腑に落ちない表情をした。

（……おかしい）

一瞬、言葉がつかえた。思ってもないことを口にするのは慣れているはずなのに、まるで別の自分がそれを良しとしないかのごとく、掌で口を塞いできたような感覚だった。

感じた事のない違和感に胸のあたりが気持ち悪くなり、思わず奏太は押し黙ってしまう。

しかし幸いな事に、当の陽菜は興奮のせいか、奏太の些細な変化に気づかない。

「それでそれで、どこら辺が面白かった⁉」

陽菜に深掘りされ、奏太はハッとする。

断片的な記憶をなんとか繋ぎ合わせ、少ない語彙《ごい》で感想を口にする。

「え、えっと……とりあえず全体を通して暗い感じで話が進んでいくのは、あまり俺がみない話だから新鮮だったかな！　特、に序盤でヒロインと思ってた子がいきなり首チョンパして死ぬ展開は衝撃的だったねー……」

「わかる！　あのシーンの衝撃といったらもう最高だよね！　他には他には⁉」

「えっと、他には……」

それから奏太は考え得る限りの感想を陽菜に話した。

頑張って読んだものの、好みの差がありすぎて内容がほとんど頭に入っていない事に加え、後半はほぼほぼ流し読みしていたので、当たり障りのない感想になってしまう。

話せば話すほど、先ほど胸に芽生えた気持ち悪さがどんどん肥大化していった。

人に合わせる手段として、思ってもいないことを口にするなんて、今まで何度も経験してきたのに、どうして。

「なんか、そーちゃんの感想ふわっとしててウケるね」

陽菜の何気ない一言が、奏太の心臓を大きく跳ねさせた。

真面目に読んでいなかった事を見抜かれたような気がした。

クラスのトップカーストの一人である陽菜の洞察力は異様に高い。

奏太の感想の中身の無さを敏感に感じとったのだろう。

動揺が表情に出ないように心がけて、おどけたように奏太は言う。

「くっ……俺の語彙力がショボい事がバレた……!!　というか、そもそも感想とか人に話す機会ないから、すんげー難しい」

「あははっ、ボキャ貧ウケる。でも確かにそーよね！　私も読書感想文とかちょー苦手だったからなあ……」

陽菜は納得したようにうんうんと頷いた。

機嫌は損ねていないようで、奏太はほっと胸を撫で下ろす。

その時、ふと視線に気づいて振り向く。

自分の席で本を手に、こちらをじっと見つめる文月と目があった。彼女の席の位置を考えると、自分たちの声の大きさから、先ほどまでの会話は聞かれていたのだろう。

——つまらない事してますね。

なんの感情も浮かんでいない文月の双眸が、そう語っているように見えた。

胸の気持ち悪さが一層大きくなる。

気まずくなって、奏太は逃げるように目を逸らした。

◇◇◇

「あの漫画、微妙だった」

「そうでしょうね」

「この本は、最高だった」

「当然です」

放課後、図書準備室に来るなり、文月とそんな会話をする。

いつもの席に座ると、スッと文月が一冊の文庫本を差し出してきた。

「これは？」

「次の一冊です。そろそろ読み終わる頃だと思って、私の方で借りておきました」

「おお、ありがとう！　ちょうど読み終わったところだったから助かる！　でも図書カードは文月のだよね？　手続きとか色々面倒なんじゃ」

「その辺りは図書委員の権限でうまくやっておきました」

「さすが、抜かりない」

「図書委員なので」

キリッと言う文月がなんだか微笑ましくて、思わず笑みが溢れる。

「なんですか、どこに笑うところがありましたか」

「いんやー別に、気にしない気にしない」

「なんだかはぐらかされたような気がします」

むう、と文月は不服そうに頬を膨らませる。ほとんどの時間を無表情で過ごす文月が時たま見せる年相応の女の子らしい表情に、奏太は少しだけ得した気分になる。

（気は許して……くれるようになったよね、多分）

文月から貸し受けた本を開いて、なんとなしに思う。

最初の頃と比べると、文月が奏太に見せる感情のバリエーションは増えていた。

文月と一緒に過ごすうちに、奏太の方が彼女の表情の些細な変化に気づくようになった、という側面もあるだろうが。出会ってからほぼ毎日顔を合わせているとなると、さすがの文月も奏太に対する警戒を解いてくれたらしい。相変わらず言葉に棘はあるし、表情も硬いが、他の生徒に対して一切のコミュニケーションを拒否している事を鑑みると、奏太の立ち位置が文月の中で変化している事は確かだった。

それからいつものように読書の時間に入る。

しばらくして。

視線を本に落としたまま、文月が口を開いた。

「面白くなかったのなら、面白くなかったとはっきり言えばいいのに」

その言葉が、朝の陽菜とのやりとりの事を指しているのはすぐにわかった。

「……やっぱり、聞いてたんだ」

「清水くんたちのグループは声が大き過ぎるんです。あと多少、感想は気になったので。本当に多少ですが」

念を押すように言う文月に、奏太は答える。

「そんな簡単に言えないよ。友達からあんなにも『面白いよね!?』って感じでこられたのを、面白くなかったって返すのは場も冷めるし……陽菜にも嫌われるかもしれない」

「そんな程度で嫌うような友達は、友達じゃないでしょう」

「そうかもしれないけど……」

奏太が言い淀むと、文月は目を左上に向けてから口を開く。

「フランスの哲学者、モンテスキューは言いました。友情とは、小さな親切をしてやり、お返しに大きな親切を期待する契約である、と」

「えっと、つまり……?」

「友人関係というものは詰まるところ、個々人の打算的な思惑によって成立しているものです。自分の本心を削ってまで傾倒するほど価値のある関係とは思いません。ましてや、自分の『面白い』『面白くない』の感性まで合わせせないといけない関係なんて、大事にする必要はないと思います」

「はえー、なるほど。言われてみるとそうかもしれない、けど……」

毎度の事ながら謎の説得力を持つ文月の名言引用に、たじろぎながらも続ける。

「今はもう、関係が出来あがっちゃってるし……なんにせよ、その場の空気は読んだほうがよいっていうか?　そのほうが事はうまく進むし……」

「それって」

視線を本から奏太に向けて、文月は尋ねる。

「清水くんは一体、どこにいるんですか？」

その問いは、奏太の胸を抉るように突き刺さった。

問いかけの意味はわかる。人に合わせてばかりで自分の意見も主張も一切ない。

そんな自分はいないも同然だ。その自覚があった上で、自我のない状態を心のどこかで『これでいいのか』と思っていたからこそ、奏太は返答に窮した。

「……さ、さあ……どこにいるんだろうね」

ぎこちない笑みと共にやっとの事で吐き出した返答に中身はなく、どこか弱々しかった。

文月は嘆息し、再び本に視線を落としてから言葉を紡ぐ。

「すみません、少し意地悪な質問をしました。そもそも人間は社会的な動物なので、仕方がない事だとは思います」

「……どういう意味？」

まるで、自己弁護の材料を探すかのように訊き返す。

ぱたんと本を閉じ、再び文月は奏太に視線を向けて説明を始めた。

「すべての生き物が生きる一番の目的は、子孫を残すこと。そのため生き物は基本的に、生存と生殖を最適化するように作られています。生き延びなければ生殖出来ないし、生殖が出来なければ子孫を残すことが出来ませんので」

「なんか突然スケールが大きい話になったね」

「ちゃんと繋がるので安心してください」

「というか、生殖って……」

「真面目に聞かないのであれば話しません」

「ごめんなさい真面目に聞きますのでどうか話してください先生！」

奏太が大袈裟に言うと、文月はため息をついて続ける。

「人間も例に漏れず生き物なので、一番の目的は子孫を残すことです。しかし人間の身体は弱く、ライオンといった外敵には太刀打ち出来ません。このままだと生き延びる事が出来ない、子孫を残す事が出来ないと思った人間は、『群れ』を作る事で生き延びようと考えました」

「一人じゃライオンに勝てなくても、十人二十人ならって事ね」

「です。そうやって人間は何十、何百と群れをなし、集団として生き延びる可能性を高める事で子孫を繁栄させてきたのです」

「なんだかドキュメンタリーを聴いてる気分になってきた。それでそれで？」

胸に生じたワクワクを抑えることが出来ず、奏太は僅かに身を乗り出す。

「逆に考えると、集団から外れて一人になるという事は、人間にとって死を意味する事でもあります。なので人間は、進化の過程で『集団から排除される事を恐れるように』なりました。その恐れがないと集団が形成できなくて、種自体が滅んでしまいますから」

「ああ、なるほど……」

ようやく、文月が言わんとしている事が見えてきた。

「今生きている私たちは、集団に属する事で生き延びてきた先祖たちの末裔《まつえい》です。なので、集団から排除される事に強い恐怖心があります。だから、清水くんが自分の居場所を守りたいと思うのは当然の事ですし、自分を出して人に嫌われるくらいなら、人に合わせて好かれたほうが良いと考え、行動するのは、ごく当たり前の事なんですよ」

説明が一区切りついたらしく、文月がほうっと息をつく。

一方の奏太は、しばらく次の語を告げられなかった。

いかがでしたかと文月に目で尋ねられて、ようやく言葉を口にする。

「……凄いね、ほんと」

そう表する他なかった。

「褒めても何も出ませんけど」

文月がどこか居心地悪そうにする。

「いや、ほんと凄かったよ。説明もめっちゃくちゃわかりやすかったし……俺の、人に合わせる癖がなんであるのかって理由も、今まで考えつきもしなかった視点で考えられてて……なんというか、圧倒されたよ」

奏太が率直な感想を口にすると、文月はますます居心地悪そうに目を逸らした。

よく見ると、頬にほんのりと赤みが差している。

さっきまでの、冗談を一切言わない厳しい先生のような雰囲気とは一転、年相応の女の子らしい仕草に、奏太の方まで顔が熱くなってしまう。

場の雰囲気を変えるように話の舵をグイッと切る。

「い、いやー、それにしても進化の過程とかよく知ってるね」

「本で読んだので」

「さすが過ぎる……」

毎度の事ながら知識量の凄さに舌を巻く奏太。

「あれ、でもちょっと思ったんだけど……」

ふと、奏太は気づいた事を言葉にする。

「石器時代とかだと、集団から追い出されたら命の危機！　ってなるけど、今はそんな事はないよね？」

「よく気づきましたね」

文月の瞳が僅かに見開かれる。

「仰るように今の時代はとても豊かで、衣食住全てが保障されています。なので、別に集団に属さなくても……まあ、日本という国単位で見ると属しているとも捉えられますが、普段生活する範囲においては群れなくても命に関わるような問題はありません。なので……」

一拍置いて、文月は本質的な言葉を紡いだ。

「現代では、一人でいたいなら一人でいればいい、という選択が取れるのですよ」

私のように、と文月が小さく言う。

「もちろん今でも、集団に属している事のメリットはありますが……それと一人でいる事のメリットを天秤にかけて、好きな方を選択すれば良いと思います。考え方は人それぞれなので」

これで話は終わりとばかりに、本に視線を戻す文月。

一方の奏太は、文月の言葉について考えを巡らせていた。

（天秤にかけて、好きな方を選択……か）

まさに、その通りだと思う。

陽菜や悠生、美琴たちと過ごす日々も悪くはない。むしろ楽しいこともたくさんある。

でも、キャラを作って周りに合わせる事に気持ち悪さを感じる自分も確かに存在する。

——清水くんは一体、どこにいるんですか？

文月の言う通り、今の自分はいないも同然だと思えてきた。

（……ああ、そっか）

どうして自分が文月に惹かれているのか、少しだけわかった。

(俺、羨ましいんだ)

自分とは違って文月は、強い自我と明確な軸を持っている。

自分なんかよりもずっと、圧倒的な存在感を放っている。そんな、誰にも干渉されず、好きな読書に熱中し、常に自分を貫いている姿に、奏太はある種の憧れを抱いていたのだ。

自覚してからは、早かった。

(もっと、文月を知りたい……)

彼女は一体何を考え、何をして生きているのか。

自分とはまるで正反対な文月と、もっと時間を、行動を共にしたいと強く思った。

「文月って、休みの日は何をしているの?」

気がつくと、そんな質問を口にしていた。

「急になんですか。家で読書か、カフェで読書ですかね」

視線を文章に沿わせたまま、平坦な声で文月は答える。

「カフェで読書! 前も言ってたね。じゃあ、ついていってもいい?」

「な、なんでそうなるんですかっ……?」

上擦った声。小さな顔がバッと奏太の方を見る。

表情には『意味がわかりません!』と書いてあった。

「なんとなく！　カフェで読書、なんかお洒落っぽいし、やってみたくなった」

「なら別に私と行く必要ないでしょうっ。一人で行ってきてください」

「頼むよ、一人でカフェなんて行った事ないからさ、付き添ってほしいんだ！」

「うっ……た、確かに、最初だと少し敷居が高いかもしれませんね……」

「そう、そうなんよ！　だからお願い！」

「うー……でもやっぱり嫌ですっ。なぜ貴重な休みの一日を、清水くんと読書で過ごさないといけないんですか」

「そこをなんとか！」

「い、嫌なものは嫌です……っ」

普通ならここらへんで引き下がるところだが、ここは腐っても陽キャグループに所属する、それなりに女性と話す機会があった奏太。

（もう少し押せば……イケる！）

そんな自信があった。

今まで交流してきてわかったが、文月はなんやかんや面倒見が良く、人の頼みを無下《むげ》にできない性である。なので、ちゃんと筋が通った『一緒にカフェに行きたい理由』も添えてお願いしたら、きっと首を縦に振ってくれるという目算があった。

「いつもお薦めの本を教えてくれているお礼に、コーヒーをご馳走させてほしいんだ！」

奏太の目論み通り、この言葉に文月の表情が僅かに変化した。

「……私、コーヒーは苦くて飲めないです」

（ここだ……!!）

「じゃあ紅茶でも、飲みたいやつなんでも頼んでいいから！」

「なんでも……」

文月の目に宿る一迅の煌めき。しかしすぐにハッとして、『ダメですダメです』とばかりに頭を横に振るも、また『むむむ……』と黙考して。

最終的には何かを諦めたように息を吐いてから、すうっと息を深く吸って言った。

「バニラシロップキャラメルシロップヘーゼルナッツチョコレートチップエクストラホイップホワイトモカシロップパンナコッタライトシロップライトアイスエクストラチップエクストラソースコーヒーフラベチーノ」

「お菓子の国の呪文？」

「私の行きつけのカフェのメニューです。ブラックコーヒーは飲めませんが、たくさんの甘甘トッピングでコーティングされたこの商品は飲んでみたいと思っていました」

あまりの商品名の長さに、思わずたじろぐ。カフェ素人の奏太でも、それだけのトッピングをしたらなかなかの値段になることはわかる。

（でも、ここまで来て渋るわけにはいかない！）

「わ、わかった！　そのなんちゃらフラミンゴとやらをご馳走するよ！」

「フラベチーノです。……あと私、モンブランが好きです」

「二個でも三個でもいったれ！」

（アーメン俺のお小遣い！）

「……わかりました。フラベチーノとモンブランで手を打ちましょう」

　こくりと小さく頷く文月。

　押し切れた事への達成感と喜びで、奏太は思わず天井に拳を掲げた。

「やった！　ありがとう！　楽しみにしてるよ」

「うるさいです。隣は図書室なんですから、静かにしてください」

「はいごめんなさい静かにします」

　ぴしゃりと言われて秒で読書に戻る奏太に、文月は魂も溢れそうなほど大きなため息をつく。そんなこんなで奏太は、今月のお小遣いと引き換えに、文月と週末カフェ読書をする約束を取り付けたのであった。

■第三章

週末の昼下がり、駅から少し離れたところにあるカフェの前。

文月を待つ奏太の前に「あの……」と声がかかった。

「おっ、やっほ文月さ……かっ……」

可愛い、と言葉にする前に私服姿の文月に目が釘付けになった。

「……目が犯罪者のそれになっているのは気のせいでしょうか」

「あっ、ああ、ごめん」

ついまじまじと見過ぎていたようだ。見惚れていた、の方が正しいかもしれないが。

「それで、どう、でしょうか？」

「……どう、とは？」

「一応私も年相応の女の子なので、自分の選んだ私服が男性から見てどう映るのか、気になりはします」

「ああ、そういう……」

改めて、文月の本日のコーデを見渡してみる。

ブラウン色のケーブルキーネックセーターに、肩には本が何冊か入りそうな大きさのショルダーバッグ。チェック柄の白いミニスカートからはデニール高めのタイツが伸びており、足元は焦茶色のレースアップブーツを履いている。

十一月上旬にしては今日の気温は低く、文月自身も寒がりなのか首元にはマフラーを巻いていて、頭の上にはちょこんと臙脂色のベレー帽が乗っていた。

読書家の文月のことだ。おそらくファッションについてしっかりと勉強したのだろう。落ち着いた性格の文月と全体的に控えめな色味が見事にマッチしており、かつ可愛さとフェミニンさがバランス良く配合されたコーデだった。

「うん、可愛いよ。似合ってる」

「……そういう事をさらっと言えてしまうところ、腹が立ちますね」

「ええっなんで!?　怒られる要素あった？」

「陽キャさんには私の気持ちはわからないのです、でも……」

僅かに目を伏せ、ほのかに頰をいちご色に染めて。

「変じゃないようでしたら、何よりです」

心なしかホッとしたように、文月は呟いた。

（なにこの可愛い生き物……）

普段は全く表情を動かさないのに、年相応の女の子らしく恥じらいを浮かべる文月は、思わず守ってあげたくなるような、庇護欲を掻き立てられる愛らしさがあった。

そして頭に浮かんだ言葉を奏太はそのまま口にする。

「前髪、ばっさり切って目元出したほうがいいと思うよ。そのほうが絶対に可愛い」

「ま、またさらりと言う……前髪は切りません。これは世界から自分を守るために育てた防御壁なので」

「え、どゆ意味？」

尋ねるも、文月は話したくないとばかりにふいっと横を向いて言った。

「寒いです、早くお店に入りましょう」

◇◇◇

文月が指定したカフェは世界に一万店舗以上を展開する大手チェーン店。

さすがの奏太も名前は知っているが、普段いつメンと遊ぶ場所にカフェという候補がないため、入るのは初めてであった。

ブラウンカラーと木目調で統一された内装はお洒落で落ち着いていて、高校生が入るにしてはハードルが高いように感じるが、見たところ同世代くらいのお客さんもいる。

静かに読書をするＯＬ、コーヒーを片手に会話に興じる主婦二人組、りんごのマークが光るノーパソをこれ見よがしにカタカタする大学生など、客層はさまざまだった。

週末という事で混雑を予想していたが、思った以上に店内は空いていた。

「ここ、駅から少し離れているので穴場なんです」

「流石」

「そこの席にしましょう」

「おけ」

文月が指差す席——店の端っこ、外の光が差し込む大きな窓のそばの席を奏太が先に陣取る。荷物入れにウェストポーチを入れた後、後からやってきた文月に手を差し出す。

「ん」

「なんですか？」

訝しむような視線が返ってきた。

「いや、マフラーと帽子。流石に暑いかなと思って」

店内は暖房がかかっているため、文月の今の格好だと読書をするには重装備だ。

「ああ……ありがとうございます」

おずおず、といった調子で差し出してきたマフラーと帽子を荷物入れにそっと置いてから、奏太は手前の椅子席に腰掛ける。

「奥どうぞ」

「ありがとうございます。……なんだか慣れ過ぎてて、癪《しゃく》に障りますね」

「俺のことを何だと思ってんの。いやまあ一応、彼女がいた時期もあったからね。これでも色々勉強したわけよ」

「彼女……」

初めて聞いた言葉を復唱するような声で文月が呟く。

「ん、どした？」

「……なんでもありません。一瞬意外だなって思ったのですが、よくよく考えたらそんなに意外でもないという結論に至りました」

「いやだから俺をなんだと思ってんの……」

苦笑を浮かべる間に、文月が貴重品を手に準備万端といった顔を向けてくる。

「よし、じゃあ行くとしましょうかね」

奏太も自分の財布を持っていざ注文口へ。

「いらっしゃいませ、店内ご利用ですか？」

大学生くらいのお姉さん店員がにこやかな笑顔を向けてくる。

「店内で！」

「ありがとうございます。ご注文をどうぞ」

「…………………………あっ、私ですか」

「俺にあの長ったらしいメニューを暗記しろと？」

「それもそうですね……あっ……えと……あの……その……」

疲れ果てて20時間くらい寝て、目覚めて初めて話すと、多分こんな感じになると思う。

「アプリのメモ帳かなんかに書いてくれたら注文するよ？」

類稀《たぐい》に見るコミュ障っぷりを発揮する文月に、奏太は助け舟を出す。

「………いえ、大丈夫です」

すうっと息を吸い込み、覚悟を決めた瞳で文月は口を開く。

「バニ、バニラシロップ……キャラメ……キャラメルシロップ……えっと……」

先日の流暢な読み上げはどこへやら、海外旅行で外国の言葉を口にするようなカタコトであった。聞いてるこっちがハラハラする調子で、文月はメニューを読み上げる。

「あと、エクストラ……チップエクストラソースと、コーヒーフラベチーノと……モンブ、モンブランケーキを一つ、くだ、さい……」

（……これ、ちゃんと伝わった？）

奏太が不安げに店員さんの方を見ると。

「はい、バニラシロップキャラメルシロップヘーゼルナッツチョコレートチップエクストラホイップホワイトモカシロップパンナコッタライトシロップライトアイスエクストラチップエクストラソースコーヒーフラベチーノと、モンブランケーキをお一つですね」

「……はい」

　さすがすぎんか。

　文月がこくりと頷くと、店員さんが奏太に顔を向ける。

「お連れ様と会計はご一緒ですか？」

「あ、はい！　一緒で！」

「かしこまりました、ご注文をどうぞ」

「えっと……」

　改めてメニューを見てみるも、見たことのない横文字ばかりが並んでいて、何が何やらわからない、といった印象だった。アイスコーヒーやアイスティーといったシンプルなドリンクもあるが、せっかく来たのだからこの店ならではのメニューを飲んでみたい。

「すみません、初めて来たんですけど、ここのお薦めは何かありますか？」

「んー、そうですね。当店一番人気だとダークモカチップフラベチーノ、こちらは甘さ控えめとなっております。二番人気にキャラメルフラベチーノ、こちらはガツンと甘いものが飲みたい時にお薦めで、キャラメル好きなら是非！」

「ありがとうございます！　んー、今日は本を読みにきてて糖分が欲しいので、それならキャラメルフラベチーノですかね」

「あ、そうなんですね！　いいですよね、休日に読書」

　店員さんの笑顔がぱあっと広がる。

「お姉さんも読書されるんですね！」

「しますよ～。私大学生なんですけど、講義の合間とかにちょこっと、とか。よくされるんですか？」

「実はカフェで読書自体、今日が初めてなんです。友達が連れてきてくれまして」

　奏太が目線をやると、文月はカチコチンッと表情を固めたまま動かなくなった。

　壊れたロボットかな？

「なるほど、良いですね～。あ、すみません話が脇に逸れてしまいまして」

「いえいえ、こちらこそ楽しくなっちゃって、すみません！」

　奏太が言うと、店員さんは本題に戻るとばかりに小さく頭を下げて言う。

「甘いものを、という事でしたらバニラクリームフラベチーノにチョコレートチップ、柑橘果肉追加などいかがでしょう？」

「おおっ、美味しそうですね。じゃあそれでお願いします！」

「かしこまりました！　それでは……」

　店員さんが新手の早口言葉のような商品名を読み上げてくれる間、文月はじっと奏太に目を向けていた。

「……以上でよろしいでしょうか？」

「はい、大丈夫です！」

「ありがとうございます、お会計はご一緒ですか？」

「一緒でお願いします」

「それでは合計が3284円になります」

「えーと、さんぜん……」

（やっぱり結構いったなー）

予想通りと思いつつ財布を開くと、横から二人の野口さんがこんにちは。

「やっぱり、自分の分は自分で出します。なんだか申し訳なくなってきました」

少し考えたあと、奏太は自分の財布から出した野口さんをさっとトレイに置いた。

「あ、ちょ……」

「こちらでお願いします」

「はい。では、4000円お預かり致します。716円のお釣りになります」

店員さんも奏太の意図がわかってるとばかりに、さっとお釣りとレシートを渡してくる。

瞬時にお会計が済まされたことに、文月はおろおろした様子だった。

「注文の品をお作りいたしますので、あちらで少々お待ちください」

「はい、ありがとうございます！」

「それでは、ごゆっくり楽しんでいってくださいね」

店員さんが小さく手を振ってくれる。心なしか、表情が微笑ましげだった。

「あの、本当に、申し訳ないですから……」

受け取りカウンターに移動してからも、文月は野口さんを手にそう言った。

「こっちこそ、本当にいいから。気持ちだけ受け取っておくよ」

全く気にしていないと言わんばかりの笑顔で、奏太は文月に両掌を向ける。高校生のお小遣いに3000円オーバーの出費は確かに痛いが、文月と一緒に過ごせると考えたら安い買い物だ。それに。

「この前も言ったけど、文月にはいつも面白い本を教えてもらって助かってるからさ。このくらいのお礼はさせてほしい」

むしろ出させないほうが奏太に申し訳ない思いをさせてしまう、という事にさすがの文月も気づいたようで。

「…………わかりました」

ぺこりと、小さく頭を下げて言った。

「その、ご馳走様です」

「ん、どういたしまして」

◇◇◇

「店員さんと十文字以上話せるなんて、貴方は宇宙人ですか？」

注文を待っている間、文月がそんな事を尋ねてきた。

「いや少な過ぎでしょ十文字！　それじゃ商品名も言えないじゃん」

店員さんに注文を言う際の、文月のコミュ障っぷりを思い出しながら奏太はツッコミを入れる。

「普段はノーマルのアイスティーで済ませています。コミュニケーションは指差しと相槌で事足りるのです」

「逆に徹底してて凄い！　ああ、なるほどだから……」

「そうです。あの長ったらしい商品名は指差しだけじゃ厳しいので……なので、助かりました」

「お役に立てたようで何よりだよ。というか、書店でバイトしてたらお客さんと話す機会は結構あるんじゃ？」

「書店では、本に囲まれているので平気なだけです。幾千数多の本たちが私に勇気をくれて、他人と目を合わせて言葉を交わせるという奇跡を起こしてくれるんです」

「文月ってたまに変なこと言うよね？」

「失礼ですね、人を変人呼ばわりとは」

「実際、結構な変わり者だと思ってるよ」

「私からすると、あんなにスラスラと店員と話せるほうが理解不能です。それも、注文とはなんら関係のない雑談まで……」

「いやあ、それほどでも〜」

「褒めてません。理解が出来ないと言ってるんです」

「んー、元々俺は人と喋るのそんな嫌いじゃないしなあ」

「遺伝子というものは残酷ですね。ヒトトシャベリタクナイDNAを持って生まれてきた私は潔く諦めるとします」

「いやいや場数もあると思うよ！　俺も、中学の時とかはどちらかと言うと受け身だったけど、高校になって積極的に話しかけるようにしたら気づいたらって感じ？」

「今までの人生、人と話す機会にも恵まれなかったもので」

「じゃあ俺で練習してコミュ力あげよう！」

「必要ないです。どさくさに紛れて私と喋る口実を作らないでください」

「バレたか」

冷ややかな目で返されてしまって、てへりと頭に手をやった時。

（……あれ？）

ふと、気づく。

(文月さん、俺とは普通に喋れているんだよな……)

「お待たせしました～、お先にバニラクリームフラペチーノ、チョコレートチップ、柑橘果肉追加のお客様～」

「あ、はいー」

疑問を口にする前に注文の品が来たので、この話題はお流れとなってしまう。

じきに、文月の分もやってきた。二人してトレイを手に席に戻る。

早速、奏太はドリンクを一口。

「おおっ、美味しい」

注文したドリンクはガツンとした甘みが前面に出ているが、チョコチップのほのかな苦味と柑橘果実の酸味も合わさると、そこまでくどくなくクセになる美味しさだった。

少なくとも、これ一杯で読書をするには充分過ぎる糖分が摂取できるだろう。

二口、三口と啜《すす》ってから、文月の方を見やる。

「甘味と甘味のカーニバルで胸焼けしそう」

どどーんという効果音が似合いそうなドリンクと、その隣に鎮座するモンブランに奏太は思わずツッコミを入れる。

文月が頼んだドリンクは、とんでもない長さのトッピング名と、値段にふさわしい存在感を誇っていた。もはやドリンクではなくパフェのようなビジュアルである。

普通なら隣のモンブランの方が主役であるはずなのに、今は小説に出てくる通行人Aのような存在感しかない。

「糖分は多ければ多いほど世界を救うのです」

「なるほど。文月は甘いものが好き、と」

「人並み程度には」

「てかそれ、どうやって飲むの？　いや、もはや食べるか」

「スプーンがあれば平気です」

そう言って、たくさんのトッピングがかかった、てっぺんのクリームをスプーンでぱくり。

瞬間、前髪に隠れていてもわかるほど、文月の目が大きく見開かれた。

スプーンを口にしたまま、白磁色の頬が緩む。

それからひょいパク、ひょいパクと上のクリームを食べ進めていく文月。

感情をほとんど出さない普段とは違って、あどけない笑みを浮かべながら次々とクリームを頬張る姿に、奏太は思わず見惚れてしまう。

「……なんですか？」

「いや、そんな表情もできるんだなって」

「私をなんだと思っているんですか」

心外ですと言わんばかりに、ほんのりと頬を膨らませる文月。

「確かに私は、感情をプログラムされていないロボットくらいには表情の変化に乏しい人間ですが」

「そこまでは思ってないんだけど」

「そこまでは、という事はそれに近しい印象は抱いていたと」

「んー、確かに最初の頃はそうだったかも?」

「最近は違うと?」

文月に尋ねられて、奏太は満面の笑みを浮かべてうんうんと頷いてみせた。

「……私には、実感ありませんけど」

「そりゃ、自分の表情は自分で見れないからね。俺からすると、意外と感情が出やすいんだなーって印象だよ」

奏太が率直に言うと、文月はむず痒そうに目を逸らした。いじらしい、でもわかりやすく照れを表情に浮かべるその様に、奏太の心臓がどくんと跳ねる。

「……ほら、そういうところとか」

「何がですか」

「ううん、なんでも」

何故か微かに上昇した体温を悟られないように、奏太はストローに口をつける。

文月も怪訝《けげん》に眉を寄せつつもそれ以上は聞いてくることなく、未だに高い標高を保つフラベチーノにスプーンを立てた。

◇◇◇

それから何を合図とするわけでもなく、読書タイムが始まった。

まだ八割ほど残したドリンクをお供にして、奏太は本を開く。

自分以外誰もいない自室や文月と二人きりの図書準備室とは違い、程よい雑音と人気《ひとけ》のあるカフェでの読書というのは、これはこれで新鮮だった。

歌のないゆったりとした音楽、店員さんが注文をとる声、時折カップが机と触れる音。

雑音があると気になって読書に集中出来ないいんじゃないかという不安もあったが、不思議な事にすんなりと本の世界に入り込む事ができた。

（ふう、休憩……）

いつもより長く集中する事ができた充実感に浸り、お供のドリンクを味わう。

口の中を甘味で満たして脳に糖分を送ってから、同じ姿勢でいたため、少し硬くなった肩をとんとんと叩いた。それからふと、文月に目を向ける。

奏太の視線も、周囲の雑音も意に介さない様子で文月は読書に励んでいた。

ピンと伸ばした背筋、髪留めで前髪を整え露わになった澄んだ双眸、窓から差し込む陽光に照らされきらきらと光沢を放つ黒髪。

真剣な表情で本に視線を落とす文月の姿はまるで、一枚の絵画にして飾りたくなるような気品と美しさを纏っていた。

（綺麗だよな、ほんと……）

しばらく見惚れてしまってから、ハッとして首を振る。

自分は読書をしに来たんだと、奏太は再び本に視線を戻すのであった。

◇◇◇

その後、奏太は五回ほど休憩を挟んで本を読み切った。

「……面白かった」

小さく、奏太は呟く。文月がお薦めしてくれた本は、今回もたくさんの感情を楽しませてくれて、奏太は脳が痺れるような余韻に浸った。ちなみに奏太が読んでいる間、文月が休憩を挟む素振りは一度も無かった。脅威の集中力である。

その時、ぱたん、と本を閉じる音が鼓膜を叩く。

ちょうど文月も読み終わったのだろうか、と顔を上げると。

「………えっ」

思わず奏太は素っ頓狂な声を溢してしまった。

文月の頬に、一筋の滴が伝っていたから。

「ど、どうしたの文月?」

「あ、ああ……失礼しました、つい」

指摘されて初めて、自分が泣いている事に気づいたという反応。

そのまま指で涙を拭おうとする文月に、奏太がすかさずハンカチを差し出した。

「……ありがとうございます」

「どういたしまして」

しばらく文月は、ハンカチで目元を拭っていた。

少し経って、文月が気持ちを落ち着かせるように深く息を吐いたタイミングで、尋ねる。

「そんなに感動したの?」

「名作ですね」

昔に出版されたのか、カバーも擦り切れ、ボロついている本を大事そうに指でなぞる文月。

カバーに書かれたタイトルは『砂漠の月』。

知らないタイトルだった。

すうっと息を吸ってから、文月は語り出す。

「話自体は、うだつの上がらない主人公が、自分を変えるために一発逆転の夢を追うという、ありふれたものだったんですけど」

まるで言葉の泉が溢れ出したかのように、流暢《りゅうちょう》に説明を続ける文月。

「主人公は土木関係の日雇いで、夢は小説の文学賞を取ることでした。最初は正直、主人公が叶えられもしない大きな夢だけ見て、何も動かない姿を馬鹿にしていたんですよ。でも、彼は動かないんじゃなくて、動けなかったんです。主人公は、過去のトラウマが原因で人の目が怖くなって、自分の殻に引きこもるしかなかった。長い間ずっと、努力して苦しんでいた事が作者の巧みなミスリードで明かされて、一気に主人公の見え方が変わりました。もう、そんなに苦しいならやめたほうがいいってくらい、見てられない醜態を晒し続けてたんですけど、彼はもう、やめることが出来なかったんですよ。過去のトラウマが原因で人と関わる事ができなくなって、それでも自分の存在理由はどこかと探し続けて、やっと辿り着いた最後の希望に縋るしかなかった。昔に囚われて、選択肢が自分の中で消えた後でも先に進もうと苦しみ続けていました。そんな、どうしようもない弱さと同時に、意地とでも言うべき強さがあったんです。結局、最後に彼は夢を叶えられないまま病を患って死んでいくんですけど……どこか満足そうなんですよね。夢を叶えようともがき、足掻いているうちに、彼の頑張りをちゃんと見てくれて応援してくれる人や、気の置けない親友もできて。最後に一人ぼっちじゃなく死んでいけた彼は、きっと幸せだったと思います。それから……」

そこまで話して、文月はっとした。奏太がぽかんと呆気に取られているのを見て、白頬がみるみるうちにいちご色に染まっていく。

「……すみません、喋りすぎました」

じわりと、潤んだ瞳がわかりやすく俯いた。悪戯《いたずら》が親にばれた子供のような、恐れめいた感情を纏っているようにも見える。そんな文月の様相に、奏太は思わず吹き出した。

「な、なに笑ってるんですか」

奏太のリアクションが想定外だったのか、文月は戸惑いと羞恥を織り交ぜた声を上げる。

「ごめんごめん。本当に、本が好きなんだなーって、ちょっとほっこりした気分になっただけだよ」

奏太が言うと、文月は目をまん丸くする。

「……引いたり、しませんでした？」

「引く要素あった？」

おずおずと尋ねてきた文月に、奏太はなんでもない風に返す。

「普段、本の感想とか話さない文月がこんなにも語るなんて、よっぽど面白かったんだなって……なんだか、聞いてるこっちも嬉しくなったよ」

「そんなのが嬉しいなんて、理解に苦しみますね」

「人の嬉しそうにしているのを見ると、こっちまで嬉しくならない？」

「共感力が高いんですね、清水くんは」

「あー、そうかもしんない。割と人のテンションに左右されるし」

「だと思います。でも、そうですね……」

少し考えてから、文月は言う。

「小説は、どれだけ主人公に共感出来るかで面白さが変わりますからね。この本の主人公に至っては、私自身かと思えるくらい共感出来ました」

「なるほどー。でも確かに、俺も面白いと感じる小説は、主人公の考え方とか行動に共感出来るものが多いね」

「はい。なので、清水くんにお薦めしている本の主人公は、清水くんの性格に近い属性をチョイスするようにしています」

「そこまで考えてくれてたの⁉」

「当然です。お薦めなんですから、楽しんでくれる根拠をもって選ぶのが筋かと」

「いや本当……さすが過ぎるわ。いつもありがとうね」

「いえ……お薦めした本を面白いと言ってくれるのは、嫌いじゃないので」

言葉の通り、文月はほんのりと喜色を浮かべた。

それから文月はどこか擽《くすぐ》ったそうに唇を震わせて。

「あと、長々と聞いてくれて、ありがとうございました。読み終えてから、頭の中が色々な感情でパニックだったので……話せて、スッキリしました」

「お礼を言われる事でもないよ。むしろ、いつも俺ばっかり聞いてもらってるから、話してくれて良かった」

奏太は読み終えた本の感想を誰かに伝えたくてうずうずしてしまう性分のため、いつも文月に聞いてもらっていた。

対する文月は基本的に、読了しても特に感想を言うわけでもなく、淡々と次の本へ移るタイプのため、今回読んだ本はかなりのドンピシャだったのだろう。

「誰かに感想を共有するという経験は初めてですが……」

良い思い出を思い起こすように文月は言う。

「とても新鮮で、悪くないと思いました」

「でしょでしょ！　俺でよければいくらでも感想を聞くから、遠慮なく話してちょ」

「また、どさくさに紛れて私と喋る口実を作らないでください」

「いやいや口実とかじゃなくて！　友達なんだからさ、それくらいするでしょ」

「ともだち……？」

まるで初めて聞いた単語を口にするように、文月は呟く。

「……私と、清水くんは、友達なんですか？」

まさかの質問に、返答の言葉が遅れてしまう奏太。

「そういえば、さっきも店員さんと話している時、私のことを友達って……」

「ちょっと待ってちょっと待ってちょっと待って」

両掌を文月に見せるストップのジェスチャーを掲げて奏太は言う。

「お互いに気兼ねなく話すし、放課後は一緒に本も読むし、今日は二人でカフェに出掛けて読書をする……これを友達と言わないんだったら、世の中のほとんどの関係性は知り合いになっちゃうよ」

「そう、ですか……そう、なんですね。言われてみると確かに、これで知り合いという定義に当てはめるのは、少し無理がありますね」

「そうそう、俺と文月は紛れもない友達だよ、うん」

にっこり笑顔で頷きながら奏太は言う。

同時に、奏太は思い出した。

――友人関係というものは詰まるところ、個々人の打算的な思惑によって成立しているものです。

以前、文月が口にした言葉。

おそらく、彼女は友達という単語にポジティブなイメージを持っていない。

(軽はずみな事を言うべきじゃなかったか……?)

そんな心配をよそに文月は、胸の前できゅっ……と手を握って。

「私に、友達……」

カフェの雑音にかき消されるくらい小さな声で、文月は呟く。

微かに緩んだ口元、ほんのりと朱色を滲ませた頬。

わかりやすく嬉の感情を浮かべる姿はまるで、大切な宝物を両手で抱える幼子のよう。

思わず、奏太は目を逸らした。胸の中でざわつく感情があまりにも大きくて、ずっと見ていたら息が詰まりそうだったから。

大きく深呼吸をし、落ち着かせた後、奏太は何事も無かったように口を開く。

「は、話を戻すと、俺たち友達なんだからさ。感想の言い合いくらいは、気軽にしてもいいんじゃないかって思うのよ」

「そう、ですね。たまになら……いい、かもしれません」

「よっしゃ！　じゃあ次の本の感想も聞かせてね！」

「たまになら、と言ったのですが。というか声が大きいです、ここはカフェなんですからボリュームを落としてください」

「あっ、ごめんっ」

両手を合わせてペコペコする奏太に、文月は「仕方のない人ですね」とため息をついた。

表情にどこか、柔らかい感情を残したまま。

「ところで、清水くんの方はどうだったんですか？」

「おっ、よくぞ聞いてくれました。めっちゃ面白かったよ！」

「知ってました」

「まず冒頭で、空からイカスミが降ってくる時点でもう心ががっちり掴まれたね、それと
……」

◇◇◇

すっかりオレンジの色を深めた空の下。

「いやー、楽しかった！」

カフェからの帰り道、腕を伸ばしながら言う奏太の表情は活き活きとしていた。

「大袈裟ですね」

相変わらずの無表情の文月が、横で小さく嘆息する。

「いやほんとほんと！　雑音っていうの？　程よいざわざわが心地よくて、普段よりも集中出来た！」

「そこがカフェの良いところですよね。そもそも人間の頭は、程よい雑音があるほうが集中出来るようになってるので、カフェの環境は読書にもってこいなのです」

「そうなの⁉」

「はい。ホワイトノイズと呼ばれる、一般的には50デシベルくらいの雑音があったほうが集中しやすいとされています。逆にホワイトノイズが無い無音状態だと、時計の音やキーボードを叩く音、咳払いなど突発的な音が発生する事によって集中が途切れやすいんです」

「あーなるほど！　雑音が全く無いのと適度にあるのとじゃ、突発的な音が発生した時に集中を保てるかに違いが出るってことね」

「そんな感じです」

「めっちゃ腑に落ちた。いやー、よく知ってるよ、ほんと」

「本で読みましたので」

お決まりのフレーズを口にして、どこか得意げな文月。

「毎度の事ながら凄いね、本って」

奏太が言うと、文月は目を左上に向けてから口を開く。

「ドイツの作家、ハインリヒ・マンは言いました。本の無い家は、窓の無い部屋のようなものだ、と」

「えっと、つまり……」

普段なら文月の解説を聞いて舌を巻く流れだが、初めて奏太は自分の頭で考えてみた。

「本を読んでいないと、外が見えない部屋にいるみたいに、視野が狭くなるよって事？」

奏太が言うと、文月は意外そうに目を丸めて感心したように頷く。

「……おおむね合ってます。よくわかりましたね」

「よっしゃ！　ちょっとは自分の頭で考えられるようになったみたい！」

「十冊程度の読書量でドヤ顔を決めないでください」

「うへえ、厳しい」

苦笑を浮かべて、奏太は肩を竦《すく》めた。

厳しい言葉から一転、文月が「あの」と控えめに口を開く。

「飲み物とケーキ、ご馳走様でした。どちらもとても、美味しかったです」

「いいっていいって。むしろこちらこそ、今日は付き合ってくれてありがとう！　初めてのカフェだったけど、とても楽しかったよ」

「そう、ですか」

口の緩みを隠すように俯き、文月は言う。

「楽しめたようでしたら、何よりです」

「ちなみに、文月の方は楽しめた？　俺、邪魔になってなかった？　大丈夫？」

「清水くんって意外と繊細で気にしいな人ですよね」

「うっ、バレてた」

「清水くんがわかりやす過ぎるんです、でも、そうですね……」

ふむ、と顎に手を当てて考え込む仕草をした後、文月は言う。

「充分、楽しめましたよ。清水くんがページを捲る音とか、たまに飲み物を啜る音とか……あと時たま、うお、とか、あうっ、とか声でリアクションしてたのも、良いホワイトノイズになっていました」

「それは喜んでいいのやら悪いのやら……てか俺、そんな声出てんの⁉」

「意外と自分では気づかないですよね」

「やべ、なんかすっげー恥ずかしい……」

「まあ、なんにせよ」

ショルダーバッグにそっと手を添えて、文月は言葉を紡ぐ。

「最高の環境でこの本を読めたのと、感想をすぐに共有できたのは……私の読書史上、相当上位の読書体験になりました」

「お役に立てたようなら何より！　というか、めちゃくちゃ余韻に浸ってるね」

「あと何日かはこの本についてずっと考えていると思います。ただ……」

言葉を切り、視線を落とす文月。

前髪に隠れた双眸には寂寥《せきりょう》めいた感情が浮かんでいるように見えた。

「どうしたの？」

奏太が尋ねると、文月は目を左上に向けてから口を開く。

「アメリカの作家、マーク・トウェインは言いました。幾千人もの天才が、才能を見出されぬまま死んでゆく。自分を知らず、人にも認められず、と」

「えっと……つまり？」

「この本、ヒットどころか重版もしていないんです。静かに出版されて、ほとんどの人の目につかず、ひっそりと棚から消えていきました。今や、ちょっとやそっと探しても見つからないでしょう。こんなにも素敵な本なのに……なんだか、寂しいなって」

「なるほど……」

少し落ち込んでいる様子の文月。自分の好きな本がほとんど見向きもされない切なさというものを経験していない奏太には、気の利いた言葉を返す事が出来ない。

「……本当に、当たりも大当たりだったんだね」

「内容の面白さはもちろんですが、何よりも主人公の最期の遺言で、完全にやられてしまいました」

「どんな遺言だったの？」

ほんの興味本位で尋ねると、文月は一瞬開いた口をすぐに閉ざした。

「言いません。ネタバレになってしまいますので」

「今の時点で随分ネタバレをしてると思うんだけど」

「私が話した内容は、この物語においてはほんの表層に過ぎないので。……まあ、そのうち貸してあげますよ」

「お、楽しみにしてる！」

「主人公の性格は結構、清水くんとかけ離れていますが……たまには良いでしょう」

「なるほど、読んでほしいってことね」

「そんなことは一言も言ってませんが」

と言いつつ図星なのは丸わかりで、文月はふいと視線を逸らした。

幼げのあるそんな仕草がなんだか可笑しくて、奏太は小さく笑う。

胸の内を見透かされてむず痒くなったであろう文月が、話題の舵を切った。

「清水くんは普段、外で遊ぶとなるとどこに行くのですか？」

「んー、普通にボウリングとか、カラオケとか……」

「異世界の遊びですか？」

「地球の遊びだよ。一つも行ったことないの？」

「無いですね。陽キャの遊びには縁がなかったもので」

「陽キャと陰キャそんな関係ある？」

「……訂正します。複数人で行く遊びには縁がなかった、ですね」

「それは、まあ……うーん」

確かに、高校生でボウリングやカラオケに行くとなると友達同士が普通だろう。

学校では孤立している文月に、集団で遊ぶ機会が無かったのは頷ける話だ。

「ま、まあ、ボウリングもカラオケも別に、した事なくて困る事はないから……」

奏太の言葉に、文月はどこか自嘲めいた笑みを浮かべる。

「別に、気を遣わなくても大丈夫ですよ。これは、好んで一人を選択した結果なので」

何も気にしていない、とばかりにすまし顔をする文月。

ぱっと見は、本当に思うところも感慨も何もないように見えた。

しかし、この数週間で彼女の表情の些細な変化がわかるようになった奏太の目からすると——文月の瞳に、どこか寂寥めいた感情が浮かんでるように見えた。

ぴたりと、奏太が歩みを止める。

「……清水くん？」

訝しげに眉を寄せる文月に、奏太は明るく言った。

「よし、じゃあ今度行ってみよ！」

またですかと言わんばかりに嘆息する文月に構わず、奏太は続ける。

「ボウリングもカラオケも、確かにしなくても困る事はないと思うけど、実際にやってみるとどっちも奥深くて結構面白いから、楽しめると思う！　それに……」

呆れ顔から、微かに驚きを浮かべた表情になった文月に、奏太は親指を自分に向けて言う。

「俺は文月と、ボウリングとか、カラオケとか、行ってみたい！」

力強く放たれた声を受けた文月は、電源を切ったロボットみたいに硬直した。

前髪の後ろで、澄んだ瞳がぱちぱちと瞬く。

(……ちょっと、強引過ぎたかな?)

と心配になってきた時、俯き気味の文月から小さな声が漏れた。

「……タイミングが合えば、行きましょうか」

「へっ?」

「なんですか、その反応」

「いや、前誘った時はバッサリ拒否られてたから、まさか前向きな返答が返ってくるとは思ってなくて……」

「嫌なら行きません」

「いやいや! してほしいしてくださいどうかしていただけますと幸いですございます!」

バッと腰を九十度に曲げる奏太。

「……本当にいいの?」

恐る恐る頭を上げて尋ねる。

「以前はノリと勢いで誘ってきているのがわかって、乗り気にはなれなかったのですが」

「うっ……バレてた……」

「バレないと思ってたんですか？　ただ、今回は本気そうなのが、伝わってきましたから。私としても真面目に考えただけです」

相変わらず棘のある物言いだが、理由はきちんと筋の通ったものだ。社交性は皆無だが妙に誠実というか、義理堅いという点において奏太は好意的な印象を持っている。

「何か今、失礼なことを考えていません？」

「イイエナニモ」

「……まあ良いです。ただ、私と行ってもきっと楽しくないと思いますよ？」

「いやそれはないでしょ。文月と一緒なんだし」

さらりと奏太が言うと、文月は喉に何か詰まらせたようなリアクションをする。

「……どういう意味ですか、それ」

「そのままの意味だよ」

にんまり笑顔で返すと、文月はぷいと顔を背けて言った。

「陽キャが考えていることはよくわかりません」

「それこそ陽キャ陰キャ関係ないと思うけどねー」

何はともあれ、文月からまた一緒にお出かけをする機会を貰えそうだ。

その事が嬉しくて、心の中で小躍りをしていると。

「……奏太？」

聞き覚えのある声が後ろからかけられて、浮ついていた胸に冷たいものが走った。

奏太も文月も振り向くのは同時。

そして二人とも、視線の先に立っていた少女と目があった。

すらりと高めの身長に、凛とした美人系統の顔立ち。青みがかった艶やかで長い髪は背中のあたりまで下ろしている。休日なので普段の制服姿ではなく、ほっそりとしたスタイルを生かした私服姿だった。

クラスメイトにしていつメンの一人——綾瀬美琴に、奏太はぎこちない笑顔を浮かべて言う。

「お、おう、美琴、奇遇だね、こんなところで」

「ちょうどさっきまで塾だったの、その帰りよ」

「休日も塾かー。優等生は大変だね」

「今更じゃない。中学の頃からそうだったでしょう？」

「あー、そうだね……確かそうだった」

会話に身が入っていないのは、この状況をどうしたものかと頭を回転させていたからだ。

駅から離れているとはいえ、ここら一帯は奏太たちが通う学校のエリア内。

冷静に考えると、同じ学校の生徒と出くわす可能性は充分に考えられるが、まあ流石に大丈夫だろうと高を括っていた。正確には、文月とカフェに行ける喜びの方ばかりに頭が入っていて考えていなかった。

よりにもよっていつメンの美琴に、文月と一緒に歩いているところを見られた。

その事に対し、奏太はシンプルに（しまった……）と思っていた。

「二人、接点あったのね」

美琴がそう言うと、奏太に視線を向けた。

美琴との付き合いは幼稚園からで、もう十年くらいになる。

なので、美琴から放たれる『で、どういう関係？』という視線に気づいた。

「た、たまたまさっき会ったんだよ。帰り道が同じだから、それで……」

咄嗟に、そう誤魔化した。

かたや、クラスのトップカースト集団に属する陽キャ。

かたや、図書室の魔女と呼ばれクラスでは空気扱いされている文月。

そんな二人が、休日二人きりでカフェで読書をしていたと素直に言うと……面倒な事になると思った。

十年の付き合いの中で、美琴は噂を言いふらすような女の子じゃないとはわかってる。

だが同じグループの友人というのもあって、事実を口にする事自体が非常に憚《はばか》られた。

「……ふうん」

じとりと、美琴が怪しい通販サイトを見るような視線を向けてくる。

これは全然信用していない目だと、奏太は内心でヒヤヒヤしていた。

「文月さん、よね？」

奏太のすぐ前で固まってしまっている文月に、美琴が尋ねる。

「えと……はい、その……」

ぼそぼそと呟きながら目を逸らす文月。

周りが本で囲まれていないため、わかりやすくコミュ障を発動させている。

「奏太とは、たまたま？」

「は、はい……清水さんとは、さっき……偶然会って、ちょうど……方角が同じと言うので、それで……」

「そうだったのね。文月さん、奏太と話した事あったかしら？」

言い換えると、話した事がないような関係なのに、何故わざわざ一緒に帰るというシチュエーションに至ったのか、という質問だろう。

聡《さと》い文月はその意図に気づいたようで、「えと、その……」と口籠った。

「あー、ごめん、美琴。文月さん、さっき初めてちゃんと話したんだけど、結構人見知りな子でさ」

すかさず奏太は助け舟を出す。

「文月さんには、俺の方から声かけたんだよ。ほら、俺って結構話しかける癖あるじゃん？」

「確かにそうね」

「その癖が発動しちゃって。文月さん、普段教室では全く喋らないから、どんな人なんだろうなーって思って話しかけたんだ」

付き合いの中で美琴は、奏太が店員や店で隣になった人など、知らない人によく話しかける場面によく遭遇している。それを踏まえて捻《ひね》り出した、ギリギリ無理のない理由だった。

「なるほど、そうだったのね」

この理由は納得したようで、美琴の表情から疑念が薄れる。

「てっきり、二人はこっそり付き合ってるのかと思ったわ」

「いやいやいやいや」

ぶんぶんぶんと、奏太は首と手を振る。

「本当に、文月とはなんでもないから。繰り返しになるけど、さっき初めて話した知り合いだよ」

あらぬ噂が立つ可能性を払拭すべく、奏太は弁明する。

しかし一方で、奏太の胸はちくちくと痛んでいた。親友の美琴に嘘をついてしまっている罪悪感、そして自分がわかりやすく保身に走っている自覚があったからだ。

自分の立場を守るために、文月との日々を無かった事にしてしまっている。

それがなんともいえない違和感というか、気持ち悪さを感じた。

(文月にとっても、変な噂が立つのは不本意ではないはずだから、この形に収めるのが良いはず……)

そう自分に言い聞かせ、気持ち悪さを少しでも抑えようとしていると。

「……私、帰ります」

ぽつりと、文月が言った。

かと思えば、つかつかとその場を立ち去ってしまう。

去り際、ちらりと見えた横顔はどこか怒っているようにも……悲しんでいるようにも見えた。

小走りに去っていく小柄な背中を見ながら、美琴が言う。

「私、何かまずいこと言ったかしら?」

「……さあ?」

文月とはさっき初めて話した設定なので、しらを切るのが正解だろう。

そうは思いつつも、さっきは文月に冷や汗をかくような思いをさせてしまった。

徐々に見えなくなる背中を目で追いながら（次会った時、謝らないと……）と考える奏太に、美琴は尋ねる。

「ねえ本当に、たまたま会ったの？」

「ほんとほんと。美琴が思っているような事は全くないよ」

もうこの路線で押し通す事を決めているので、落ち着いた声で返答する。

「……そっか」

気のせいだろうか。美琴が何処か、安堵したように息をついたのは。

奏太が抱いた違和感も素知らぬ顔で、美琴は小さく笑みを浮かべて言う。

「そうよね。奏太、文月ちゃんと関わるようなキャラじゃないものね」

キャラじゃない。

そう、キャラじゃない。

「うん、そうだね、はは……」

いつものように空気を読んで、奏太は笑う。これでいい、これでいいと言い聞かせながらも……先程湧いた気持ち悪さは、まだ奏太の胸の中で疼《うず》いていた。

■第四章

週明け、月曜日。晴れのち雨という天気予報を見忘れていたため、昼前ごろから暗雲が立ち込め始めた空に「やばいこれ放課後雨じゃね？　傘持ってきてないんだけど……」と戦々恐々とし始めた四時間目。

「へいパス！　こっちこっち！」

「おっけい！」

バスケットボールが床を跳ね、キュッキュとシューズが擦れる音が体育館に反響する。

5人対5人のバスケットの試合。

現在のカウントは16対18で、奏太のチームが若干負けている。

運動神経抜群の悠生と、それなりに動ける奏太が点数を重ねていっているが、相手チームには現役のバスケ部員が二人いてなかなか厳しい試合を強いられていた。

（さて、どうしようか……）

ボールをバウンドさせつつ周囲を見回す奏太の視界に、ちょうどパスしやすいポジションを取る悠生が映った。

「さすが！　悠生、任せた！」

「おうよ！」

奏太からパスを受けた悠生が韋駄天《いだてん》の如きスピードを披露する。

何人もの男子生徒を抜いてゴール下へ。

「させるか！」

バスケ部に所属する相手チームの一人が悠生のシュートを妨害しようとするも。

「なっ!?」

「貰った！」

妨害をするりと躱《かわ》して、悠生は危なげなくジャンプシュートを決めた。

これで18対18で同点である。

「ナイスシュート！」

奏太が叫ぶと、皇は当然と言わんばかりに笑って親指を立てた。

「きゃー！　皇くんー！」

「素敵ー！　こっち見てー！」

隣のコートから女子たちの黄色い歓声が聞こえてくる。モデル顔負けのイケメンに加えて、現役バスケ部員にも劣らない動きをする悠生を、女子たちが放っておくはずもなかった。

それらの声に応えて悠生が軽く手を振り笑顔を浮かべると、女子の一人が「はうっ……」と胸を押さえて腰を抜かした。ハートでも撃ち抜かれたのだろうか。

「奏太、このまま逆転すっぞ」

「おけ、任せて」

悠生にぽんと肩を叩かれて、奏太は頷く。今までの体育の授業でそれなりの成績を残してきた奏太の運動神経を、悠生は信頼している様子だった。

「負けてたまるか!」

しかし相手も流石はバスケ部員。

現役の意地とプライドをかけて圧巻の動きを披露する。

存在感がほとんどない味方のインドア男子をするりと抜いて、悠生と奏太のガードも突破しシュートを決めてきた。

これで18対20。

「クソ……!!」

自分の膝をぶっ叩いて本気で悔しがる悠生。

目にギンッと力を宿らせ「全員潰す……」と低い声で呟いている。

(うへえ、こわ……)

そっと、奏太は内心で呟く。

悠生は自分の得意不得意に拘わらず生粋の負けず嫌いだ。

ナチュラルにマウントを取る癖はありつつも人当たりの良い彼は、勝負事になると人が変わったような獰猛さが表出する。

それもタチの悪いことに、何かに負けた時にはわかりやすくイライラを出すタイプだ。

(これは、どうにかして勝たないと……)

自分が勝ちたいという気持ちよりも、負けて悠生を苛立たせたくないという気持ちの方が大きかった。このまま負けたら、昼のランチタイムは延々と悠生のイライラオーラに当てられる羽目になるだろう。

という思惑もあって奏太は自分に気合いを入れ直し、必死にボールを追う。

そこからなんとか追い上げ、悠生と連携し点をもぎ取った。

20対20、同点。

時間は残り三分。あと二、三回はお互いに攻撃出来るだろうかといったところか。

「きっつ……」

運動が不得意なメンバーの分までずっと動きっぱなしのため、流石に息が上がってきた。

カップラーメン一つ分の時間が果てしなく長く感じる。

段々とぼーっとしてきた。

「ゆーせいー!　そーちゃんー!　いけー!　ぶっかませー!」

聞き覚えのある声に振り向くと、陽菜がぴょんぴょん跳ねながら応援していた。

普段はゆるふわな制服を着こなす陽菜だったが、体育着姿もなかなかに似合っており、何かそういう企画の撮影と言われても遜色ないビジュアルである。

(そういえば、文月は……)

ぼーっとした頭でふとそう思って視線を動かす。

(……いた)

すぐに見つかったのは文月が体育着ではなく、制服姿のままだったから。

体育館の隅っこで三角座りをし、文月はつまらなそうに授業を眺めていた。

そんな文月と目があう。

しかし彼女はすぐにふいっと目を背けて——。

「おい奏太！　ボールいったぞ！」

「あっ、えっ」

悠生の声にハッとするも、パス回しで来たボールがするりと手元を抜け落ちた。

「しまっ……」

「もらい！」

一瞬の隙を見逃さず、相手チームにボールを奪われ、すぐさまゴールを決められてしまう。

20対22で逆転。どう見ても奏太の凡ミスによる失点であった。

「負けたらどうすんだ！　真面目にやれ！」

声を荒げ威圧的に迫ってくる悠生に、奏太
「ほ、本当にごめん！　ぼーっとしてて……マジで申し訳ない！」

悠生の性格的に、ここは笑いで対応してはいけない。

自分の非を認め、全力で謝った。

「……わかればいいんだ、わかれば」

不機嫌を露わにしつつも悠生はそれ以上詰めてくる事はなく、いつもの調子に戻る。

ほっと安堵の息をつく奏太の背中を、悠生はバシッと乱暴に叩いた。

「あと二分、全力でいくぞ」

「おけ、頑張ろう！」

何も気にしていない風に笑顔を作って声を上げる。

威圧された恐怖で微かに震える両足に鞭打ち、奏太は全力で駆け出した。

◇◇◇

勝敗は悠生の言葉でお察しである。

「あー！　クソが！　ゴミ！」

昼休み、食堂。

生徒たちの雑踏に負けんばかりの声を張り上げ、悠生はドンッとテーブルに拳を降ろした。

「わっ、ちょっとゆーせい揺らさないで！　誤字っちゃったじゃん！」

悠生の隣で陽菜が抗議の声を上げる。

どうやらイソスタか何かへの投稿文を作っていたようだ。

「わりい陽菜。でもマジで悔しくてさー、ホントあと一歩で逆転だったんだよ！」

そう力説する悠生は心の底から悔しそうだ。

一方の陽菜は恐ろしいスピードでスマホをタップしながら言う。

「うんうん、見てた見てた！　でも、相手はバスケ部二人もいたんでしょ？　こっちは0人でよくあそこまで戦えたと思う！」

奏太も陽菜の意見に賛成で、よくあそこまで粘れたなと賞賛を送りたい心持ちだったが、自分にも人にも非常に厳しい悠生はそうもいかない。

「どんなに過程が良くても負けは負けなんだよ！　くそー……今度の体育の授業、同じメンツでもっかい試合出来ないか先生に直談判してみるか……」

「負けず嫌い過ぎん？　ウケる」

勝負事に負けた時に悠生が荒れるのは過去に何度もあった事なので、陽菜はいつもの調子でケラケラ笑っている。

一方の奏太は居心地の悪さをビンビンに感じ取っていた。

今回の試合、敗因の決定打は明らかに自分である。相手の実力が上だったのもあるが、同点のあの瞬間に集中を維持していたら違う結果になっていただろう。

それは悠生の性格上、同じ事を思っているものと容易に想像できた。

今、その点をスルーするのは今後の関係性に響きかねない。

頭を全力で回転させ何を言うのか考えてから、奏太は口を開く。

「いやー、悠生マジでごめん！　あれは明らかに、最後の俺のやらかしが原因だわ」

「それはマジでそうだからな奏太！」

戦犯を炙り出したかの如き勢いで矛先が奏太へ向く。いつもつるんでいる友人同士ということで本気で怒っている訳ではないが、隠し切れない怒りが滲んでいた。

「同点で気を抜くとかマジであり得ねーから！　反省しろ！」

「ぐうう、反省する！　明らかに体力が切れてたからね、ランニングの頻度増やすわ」

「頼むぞ。あと、勝ちへの執着心を高めろ！　何がなんでも、負けるのだけは死よりも許されねーからな！」

「サー、イエッサー！」

上官に従う部下の如く敬礼をすると、悠生は満足そうに頷いた。上下関係を明確にして、自分は貴方より下だという姿勢を示したら機嫌が良くなるという悠生の特性である。

（ここまでの負けず嫌いはそういないよなあ……）

奏太も負けるのは嫌だが、悠生のそれは病的なんじゃないかと思えるほどである。

ただ、この負けず嫌いが悠生の勉強も運動もできるハイスペックの根源となっているのは言うまでもない。オリンピックで結果を出している選手でよく聞く負けず嫌いエピソードはおそらく、悠生のような事を言うのだろう。

現にサッカー部で県大会優勝、全国でも活躍し次世代のエースとして雑誌で特集を組まれていたりもする。

その点は本当に凄いので奏太は尊敬しているのだが、普段友達として一緒に過ごす中でも、そのノリを持ってこられるのは息苦しさがある。

勝ち負けよりも場の空気の穏やかさだったり、皆が仲良しかどうかだったりを重視する奏太には、徹底的に合わない部分でもあったのだ。

「はいはいもうこの話はやめやめ！」

パンっと、手を叩く音が響く。おそらく同じ属性を持つ（と奏太は思っている）陽菜が、持ち前の笑顔と明るさで空気を変えた。

「二人ともよく頑張った！　それでいいじゃん。美琴もそう思うよね⁉」

「えっ？」

今まで我関せずといった様子で菓子パンを齧《かじ》っていた美琴が、目をぱちくりと丸める。

「あー、うん、そうね。いいんじゃないかしら」

「いや絶対聞いてなかったっしょ！」

「ごめんなさい、このメロンパンがあまりにも美味しすぎるから、成分はなんだろうってずっと考えていたの」

「いや普通に裏面の成分表見たらいいじゃん？」

「見たら面白くないじゃない。私の味覚が成分を分析して、後で答え合わせするのよ」

「美琴ちゃんもなんというか、個性的だよねー」

お前が言うか？　イソスタのフォロワー六十万人、と場の誰もが思っただろう。

「美琴は雰囲気はミステリアスだけど、何か色々考えてそうで実は何も考えていないってタイプだからね」

「奏太には言われたくないわ。貴方、本当に何も考えていないんだもの」

「うぐっ、バレてしまってる」

「出会って三日くらいでわかったわよ。顔に感情が出やすいのも相変わらずね」

ふふっと、美琴が小さく笑みを浮かべる。

中学時代はこの笑顔に何度もドギマギさせられ完全に虜にされていたものだが、付き合いも長くなった今となっては胸が乱れる事はない。

それよりも昨日の一件を話題にされないかとドキドキしていたが、幸い美琴は触れるつもりはないようだった。

「うし！　モヤモヤが落ち着いてきた！」

悠生が声を張る。ようやく、今日の敗北に対する気持ちの整理がついたようだ。

「なあなあ！　今日部活休みなんだけど、ボウリング行かね？　鬱憤を全部ボウルにこめてピンをぶっ倒したい！」

「おっ、いいねー！　ボウリング！」

唐突な提案だったが、陽菜は乗り気のようだった。

「よっしゃ、じゃあ決まりな！　奏太も行くよな？」

当然だよな？

とばかりに尋ねてくる悠生。

「あー、うん、もち……」

ろん、と言い切りそうになったところで、言葉を止める。

いつもならノリと勢いで了承しているところだが、今日は違った。

自分の気持ちが、ボウリングに対して後ろ向きである事に気づく。

正確には、今日はいつメンと過ごしたくない気分だった。

脳裏に……図書準備室で、一人黙々と本を読む文月の姿が浮かぶ。

「やっぱごめん！　今日はちょっと用事があって！」

パンっと両手を合わせて奏太は頭を下げる。

「ええー！　そーちゃん来れないのー!?」

「んだよー、奏太こそ参加すべきだろー」

わかりやすく不平を漏らす二人に、冷や汗をかきながら奏太は言う。

「いやー、ホントごめん。めっちゃ行きたかったんだけど、今日ちょっと早めに家に帰らないといけなくてさ……」

「家の用事なら仕方ないねー」

「そうかー、まあいいけどよ」

残念がりながらも納得した様子の二人に、奏太は安堵の息をつく。

「ごめんごめん、今度埋め合わせするよ」

いつメンの誘いを断るのは今日が初めてだったが、案外なんとでもなるもんだと思った。

ノリが悪いと思われる、空気が悪くなる。

いつも身に強く付き纏っているそんな懸念は、自分の思い込みなのかもしれない。

そんな事を考えながら出来る限りのリカバリーをしていたため、奏太は気づかなかった。

奏太に向けられた美琴の表情が、訝しげなものになっている事に。

◇◇◇

「………疲れた」

放課後。ヨボヨボと図書準備室に向かう奏太の足取りは重かった。

特別、授業がハードだったという訳ではない。バスケの一件で悠生と微妙な感じになり、いつも以上に気を張っていたのだろう。

(はやく、本の世界に入って落ち着きたい……)

そんな気持ちだった。

「よっ」

図書準備室に入るなり、いつもの席で本を広げる文月に挨拶をする奏太。

普段なら「どうも」と返ってきたり、最低でも軽い会釈をしてくれる文月だったが。

「………」

文月は奏太に一瞥も寄越さず無言だった。

無視された、というニュアンスの方が近いかもしれない。

読書に集中しているのかと思ったが、そうではない気がした。

定席に荷物を置いてから、奏太は言葉を投げかける。

「やー、今日も寒いねー」

「今日夕方から雨降るって知らなくてさー、傘忘れちゃったんだよね。ミスったミスった」

「……」

「そういえばそろそろテストだよね、勉強してる？」

「…………」

流石にここまで露骨だと、距離を取られている事に気づく。

「なんか、怒ってる？」

「…………別に、怒ってませんよ」

言葉とは裏腹に、語気には棘があった。

「嘘だ、絶対に怒っている」

「しつこいです。怒ってないですから、気にしないでください」

そう言われてそっかー怒ってなかったかー、よかったよかったと安心出来るわけがない。

女の子の感情と言葉は真逆であると、奏太の少ない女性経験が警鐘を鳴らしていた。

文月が何に対してお怒りなのかは察しがついている。

もとより謝るつもりだったから、奏太は恭しく頭を下げた。

「昨日は、ごめん。不快な思いをさせちゃって」

奏太が言うと、文月がそっと息をつく。

「別に、気にしなくていいですよ。この前も言いましたが、社会的動物である人間である以上、自分の居場所を守る事は当然ですから。それと、あのまま綾瀬さんに妙な誤解を持たれてしまっても、私の方が困ってましたし。その状況を回避してくれた清水くんを、私が責める道理はありません」

「そ、そっか。なら、良いんだけど……」

理屈では確かに筋は通っていて、表面上では文月はもう気にしていないように見えた。

でも、何故だろうか。

なんとなく、文月はまだ何かわだかまりを抱えているような気がした。

「実は、怒ってる理由……他にあったり、しない？」

ほとんど直感で尋ねてみると、文月は驚いたように目を見開いた。

しかしそれは一瞬のことで、すぐに表情を戻して言う。

「良いんですよ、本当に。気にしないでください」

「でも……」

「……もとより私が、勝手に幻想を押し付けて、勝手に落ち込んだだけなので」

「げんそ……どういう事？」

「こっちの話です。とにかく、もういいですから。この話はこれで終わりです」

キッパリと拒絶の意志を示されたので、奏太はこれ以上の追及を諦めた。

これ以上深掘りすると文月の機嫌を余計に損ねてしまうだろう。

「全然話が変わりますが……清水くん、綾瀬さんと仲良いんですか？」

先程までの刺々しい雰囲気も軟化して、いつもの調子に戻った文月が尋ねる。

「仲は良いよ。幼稚園の頃からの付き合いで、もう十年以上になるし」

「十年は長いですね」

「いわゆる幼馴染というやつだね。それがどうかしたの？」

「いえ……なんとなくですけど、清水くん、綾瀬さんに対しては接し方が違うように見えて、少し気になっただけです」

「あー……」

言い淀む奏太に文月が不審げに眉を寄せる。

「もしかして、二人は裏社会で暗躍する暗殺者《アサシン》のタッグ……」

「小説の読みすぎかな？」

「冗談ですよ」

「こういう冗談も言ってくれるようになったんだね」

「たまにはそういう気分になる時もあります」

すんとした顔で言う文月が妙におかしくて、奏太はそっと笑う。

それから少し考えて、まあ別に隠すような事でもないだろうと奏太は言う。

「美琴は、俺の元カノなんだ」

「元カノ……昔、お付き合いをしていた関係という事ですか？」

「そうそう、中学の頃に少しだけね」

「なるほど、そういう……」

合点のいったように文月が頷く。

「清水くんが女性の扱いに妙になれているのは、それが理由だったんですね」

「人を遊び人のように言うんじゃありませんっ。でも確かに、それはあると思う」

実際、付き合った事によって女子についてわかったことも色々あったし、経験値も色々と積み上がったと思う。今となっては良い思い出だ。

懐かしい感慨に浸っていた奏太に、文月は尋ねる。

「付き合うって、どういう感じなんですか？」

「どういう感じ、かあ」

思い出となった記憶を掘り起こしながら
「人それぞれだと思うけど、俺たちの関係は良くも悪くも無難って感じだったかな？　付き合うきっかけも、ずっと一緒にいるし、お互いそれなりに好意はあったから、一回付き合ってみるかーみたいなノリだったし」

「そんな、軽い感じだったんですか？」

「中学生の恋愛だからねー。色々よくわかってなかったんだと思う。とはいえ付き合ったらするイベントの一通りはこなしたかな。放課後一緒に帰ったり、デートしたり……結局、これって結局友達でも変わんなくない？　ってなって別れちゃったけど」

自嘲気味に笑いながら奏太は続ける。

「まあ別に喧嘩別れしたわけじゃなかったし、友人として普通に好きだよねって見解はお互いに変わらなかったから、今では親友で理解者って感じだね」

奏太が言い終えた後、文月はしばし考え込む素振りを見せて。

「……やっぱり、私には合いそうにない関係ですね」

どこか期待はずれというか、ガッカリしたような面持ち。

目を左上に向けて、文月は言う。

「フランスの作家、サン＝テグジュペリは言いました。愛はお互いを見つめ合うことではなく、共に同じ方向を見つめることであると」

「……えっと、つまり？」

少し考えても文月の言わんとしている事がわからず、解説を求める。

「世のカップルたちを見ていると、私は思うんですよ。もっとお互いに真摯に向き合って、深い関係を築くべきじゃないかって。だって、恋は素晴らしいものであって、完璧なものであって、妥協していいはずがありません。夾雑物《きょうざつぶつ》が入り込むような恋は、恋と呼んではいけません。そんな恋を認めたら、頑張って死力を尽くして本物を見つけて、そうして結ばれた人たちが嘘になってしまう。徒労になってしま……」

奏太がぽかんと呆気に取られていることに気づき、文月がハッとした。

それから気まずそうに目を伏せる。

「……すみません、気を悪くするような事を」

「……あ、ううん、別に気は悪くしてないよ。そういう考え方もあるんだなって、勉強になったし、それに……」

どこか気まずそうな笑みを浮かべて、頭を掻きながら奏太は言う。

「本気で向き合っていなかった、というのはその通りだと思うから」

文月の言う通り、本来であれば軽い気持ちで人と付き合うべきではないのだろう。

しっかりと相手の事を見て、相手も自分の事を見てくれて、心の深いところで絆を作るべきなのだ。実際は、そうでない場合も多いけども。

きゅっ、と文月は唇を結ぶ。

「フィクションの恋はあんなにも劇的なのに、なぜ現実はつまらないんでしょうね」

「逆じゃない？　現実がつまらないから、フィクションが面白い、みたいな」

「そうともとれますね」

小さくて乾いた笑みを漏らしたあと、文月は魂が溢れそうなほど大きなため息をつく。

輝きが乏しい、世界に対して何ら期待していないような瞳を見ていると、何か気の利いた言葉をかけてあげたいという気持ちが湧き出てくる。

「あんま深く考えずにさ、一回誰かと付き合ってみるとかどう？　案外楽しいかもしれないよ！」

「絶対にしません、する気もないです」

きっぱり否定された途端、奏太の胸がちくりと痛む。

その痛みの出どころを探る前に文月が続ける。

「まず、そういう関係になる相手がいません。私のような地味で根暗で面白みのない人間なんて、そもそも興味を持たれないでしょう」

「俺は持ってるんだけど」

「一時的なものですよ、きっと。……皆、そうでしたので」

ぽつりと呟く文月。伏せられた瞳には寂寥めいた暗さが漂っている。

この話は掘り下げてはいけないと、直感的に思った。

「でもぶっちゃけ、文月は前髪を切るだけで絶対モテると思うよ！　めっちゃ可愛いし」

「だから、そういう事を、軽率に、言わないでくださいっ」

頰を赤め抗議の目を向けてくる文月に、奏太が「ごめんごめん」と笑う。

全く反省していない様子だが、これが奏太の通常運転だ。

諦めたようにため息をついて、長らく机に伏せられていた本を手に取る文月。

奏太も倣って本を開いた。

時折ぺらりとページを捲る音、自分以外の静かな吐息、そして窓の外でしとしとと降る雨音を聴きながら、思う。

（この関係は一時的なもの、か……）

そうであってほしくないと、奏太は思う。今日は悠生と軽く一悶着あってか、いつメンよりも文月と過ごす時間の方が居心地が良いように感じた。

変に気を遣うことも、顔色を窺うこともない。

大袈裟な言い方かもしれないが、ありのままの自分でいられる。

それが何よりも心地よいと、奏太は実感し始めていた。

◇◇◇

十一月も中旬になると、シベリアからやってきた寒気と一緒に、テスト期間の気配も漂ってきていよいよ冬の訪れを感じさせる。

「はい、じゃあ七十六ページの問六、みんな解いてみて。制限時間は三分ね！」

現代国語の授業中。沖坂先生の掛け声で皆一斉に問題集と睨めっこを始める。

(うへえ、記述式かー……)

該当の問題の左隣に大きな四角枠が見えて、奏太はため息をついた。

文章問題の記述式は奏太が世界で一番不得意とする問題だ。滅べばいいと思っている。

(えーと、なになに……下線部Cとあるが、この時の涼子《りょうこ》の心情を80文字以内で答えよ
……うはーきっつ……)

この手の問題はこれまで散々ペケを食らってきたため、苦手意識から頭を動かすのにも身が入らない。とはいえ、当てられてとんちんかんな答えを口にし、沖坂先生に詰められるのもメンタルにくるものがあるので、少しでもそれっぽい事を言えるよう考え……。

(……あれ？)

題材の小説を目で追うごとに、頭の中でカチカチとピースが嵌まるような感覚。

以前にはあった、そもそも文章を読む事自体の億劫さがない。

(これ、わかるかも……多分、涼子はこの時……)

文章から情景が浮かび上がってくる。

登場キャラクターの心情に、自分の心がすっと入り込んでいく。

気がつくと、奏太はペンを手にしていた。

「はい、三分経ちましたね！」

パンッと沖坂先生が手を叩く音で思考が現実に戻ってくる。

「じゃあ、この問題を…………清水くん！」

「うぇっ……はいっ」

まさかピンポイントで当てられるとは思っていなくて、若干上擦った声が出てしまう。

くすくすと、クラスメイトの誰かの笑い声が聞こえてくる。

「どうしたの清水くん？　さてはまた居眠りかな？」

「やだなあ沖坂先生、俺は生まれてこのかた授業で寝たことはありませんよ！」

「ふーん……じゃあこの問題も答えられるはずよね？」

ほれほれ答えてみぃと、沖坂先生はニマニマ顔。

「えっとですね……」

自分の書いた解答に視線を落として、奏太は言葉を空気に乗せる。

「明彦《あきひこ》に復縁を迫られた涼子は満更でもない気持ちがありつつも、再び明彦と付き合っても幸せになれないだろうなという直感もあってどっちつかずな気持ち、でしょうか？」

しん、と教室に静寂が降りる。

「……ど、どうでしょうか？」

「正解!!」

おおーっと教室の中でどよめき、ぱちぱちと拍手が沸き起こる。

「はいはい静かに！　解説すると、これは清水くんが言った通り、涼子の恋心と理性の両面を推測する問題ね。そもそも涼子の気持ちが一つじゃなく、複数あって葛藤しているというのがこの問題の肝なの。正答率が低い問題だったけど、よくわかったわね」

「いやあ、それほどでもありますな！　このくらいの問題なら、寝ながらでも答えられますよ！」

「はいそこー、調子乗らなーい。あとの問題全部解かすわよ？」

「すんません調子乗りました！」

奏太が大袈裟に頭を下げれば、教室内でどっと笑いが起こる。問題に正答できた達成感と、空気を笑いに包む事ができた充実感を抱きながら腰を下ろすと。

「今日は解答を見せる必要は無さそうね」

やるじゃない、と言わんばかりに美琴が小さく笑う。

「ふはは、俺もやる時にはやるわけよ」

「毎日やりなさい」

「仰る通り」

(やば……なんか楽しいかも)

テンションが上がらない現国の授業でこんな高揚感は初めてだった。

沸々と湧き上がるモチベーションに身を任せ、奏太は次の問題へと目を向けた。

◇◇◇

放課後。

図書準備室に来るなり、文月が読んでいる本に視線が向いた。

出版年数が遥か昔なのか、カバーも擦り切れ古ぼけた本。

タイトルは、『砂漠の月』。

先週末、文月と一緒にカフェに行った際に彼女が絶賛していた一冊だ。

「読み返し？」

「五回目です」

「うへえ、凄い」

「二回目、三回目、と読む度に違う発見があるので」

「よっぽどハマったんだね」

「人生のバイブルにしたいくらいです」

「そんなに」

ちょっとした驚きを覚えつつ、荷物を置いてから文月の元へ。

「はい、プレゼント」

奏太から差し出されたものを見て、文月は目を瞬かせた。

「なんですか、これ？」

「ミルクココア。さっき自販機で買ってきたから、ほっかほかのホットちゃんだよ」

「なぜゆえ？」

「今日寒いから？」

「なんで疑問形なんですか？」

「まーまー、飲んであったまりなさい」

「え、あ、ちょっと」

未だ疑念の色を浮かべる文月の手元にココア缶を置く。

こん、と赤錆を指で叩いたような音が部屋に響いた。

以前、文月は甘いものが好きと言っていたし、極度の暑がりというわけではなさそうなのでありがた迷惑ではないだろう。

その証拠に、文月の太腿には温かそうな膝掛けが乗っている。図書準備室は暖房がかかっているが、節電の一環で設定温度を固定されており若干肌寒かった。

「お代はいくらですか？」

「いや、いいっていいって。俺が勝手に買ってきたのを、文月が払うのはおかしいでしょ」

「それは、確かにそうですが……」

「ささ、冷めないうちに」

「はあ……では、遠慮なく」

ぺこりと奏太に頭を下げる文月。

『砂漠の月』に栞《しおり》を挟んで丁寧にそばに置き、缶に両手を添えた。

「……温かい」

やはり寒かったのか、ホッとするような声が漏れる。

「いただきます……」

ぎこちない動作ながらも、文月はタブを起こして缶に口をつけた。

「あちっ」

「ふーふーしようか？」

「馬鹿にしてます？」

子供じゃないんですからとジト目をしたあと、ふーふーと少し冷ましてから再びちびり。

「…………甘い」

ふわりと、口元がほんのりと緩む。わかりやすく、眉も下がった。

どうやらお気に召してくれたようだ。ココア缶を両手で持ってちびちびと啜る姿は、ハムスターがひまわりの種を齧っているようにも見えてほっこりする。

「それで、どういう風の吹き回しですか？」

何か理由があるんでしょうと、胡乱げな瞳が説明を求めてくる。

「強いて言えば、お礼かな」

「お礼？」

小首を不思議そうに倒す文月に、奏太はココアの理由を言葉にする。

「今日現国の授業でさ、沖坂先生に問題を当てられて、俺が答えを言うくだりがあったでしょ？」

「ああ、なんだかそんな事もあったような気がしないでもあるかもしれません」

「どっちやねん。いやあったんだけどさ。俺、前まで現国がめちゃくちゃ苦手で、滅びればいいと思ってたんだよ」

「そりゃ、あれだけ本が読めなかったのですから、そうでしょうねとしか」

「でも今日は……違った」

七十六ページ問六の問題を思い起こしながら、奏太は続ける。

「前みたいに、文章を読む事がそんなに苦痛じゃなくなってたし、めちゃくちゃ苦手だった心情を答える問題もわかるようになってた……。文章に対する拒否反応が少なくなったと言うか、明らかに俺の国語力が上がってる実感があったんだよ」

「良かったじゃないですか」

「文月のおかげだよ」

奏太の言葉に、文月は不思議そうな顔をする。

「文月のおかげで読書をするようになって、文章を読むのにも抵抗がなくなったし、キャラクターがどういう気持ちだとか、この作品は何を伝えたいのかとか、そういうのもわかるようになってきた。その感謝の気持ちも込めてって感じ」

「ああ、なるほど、それで……」

合点のいったようにココア缶に視線を落としてから。

「感謝をされるいわれはありませんよ」

文月は頭を振る。

「私はきっかけを作ったに過ぎません。本の面白さに気づき、読書を続けたのは他でもない、清水くん自身ですから」

「きっかけを作っただけじゃないよ」

今度は奏太が首を振る。

「大の活字嫌いで、小説を一ページ読むのすら苦労していた俺がここまで読めるようになったのは、文月が俺に合ったお薦めの本をチョイスしてくれたり、毎日こうやって読書に付き合ってくれたからだし」

「それは……そうかもしれませんが」

「でしょでしょ？　というわけで、素直に感謝を受け取ってクレメンス」

奏太が笑顔で言うと、文月は唇をきゅっと結び視線を彷徨わせた。

「どしたの？」

「いや、あの……」

もじもじと、居心地悪そうに身体を捩《よじ》って文月は溢す。

「あまり、人から感謝をされた事がないので……どういう反応をするのが正しいのか、わからないだけです」

そうだろうなとは思っていたが、こうやって明言をされるのは初めてな気がした。

「素直に嬉しいって、思えばいいと思うよ」

奏太が言うと、文月は僅かに目を見開く。

それからしばし思案顔を浮かべた後、ぎこちなく口角を持ち上げて。

（……っ）

視界に映った文月の笑顔に、どくんっと心臓が跳ねる。ほんのりと羞恥が混じった、母親に褒められて嬉しそうにする子供のような笑顔はあどけなく、愛らしい。

思わずぽかんと呆けてしまった奏太に、文月は笑顔を引っ込め不思議そうに首を倒す。

「どうかされましたか？」

「いやっ、なんでもない……」

ちょっと声が裏返ってしまった。文月はもっと不思議そうにした。

（危ない……）

目を逸らす。口元に触れた手の甲から、じんわりと熱が伝わってくる。

暖房のせいじゃない事は明白だった。

(ギャップって凄い……)

今まで、可愛い女の子と関わる機会はそれなりにあったから、女の子の笑顔一つでドギマギするほど初々しい感性はもう卒業したと思っていた。

しかし文月の笑顔の場合、普段はずっと無表情な鉄仮面がたまに見せるという点において、凄まじい破壊力を持っていた。

(やっぱり、笑ってるほうが可愛いな、文月)

クラスでは図書室の魔女などなんだの、散々の言われような彼女だが、接すれば接するほど新たな魅力がどんどん姿を現してくれる。

そんな文月の魅力を皆にも知ってほしいという気持ちがある一方で、彼女の魅力を知っているのはおそらく自分だけという優越感もあって、やっぱりこの笑顔を知っているのは自分だけでいいやという結論に至った。

そんな事を考えていると。

「……私としても、感謝していますよ」

頭に浮かんだ言葉がポロッと出てしまったように文月が呟く。

「え?」

言葉は聞き取れたが真意が読み取れず、視線で説明を求めるも。

「っ……なんでもありません」

今度は文月の方が目を逸らして、ココア缶に口をつける。

深掘りはしてくるなという意思表示だった。

（感謝……文月が？）

文脈的には、読書に関する事柄で文月も自分に感謝をしている、という事だろうか。

彼女に感謝されるような事をした心当たりがない。

むしろ、鬱陶しがられているかも……くらいに考えていた。気になるが、文月が纏う突っ込んでくるなオーラが半端無かったので追及は諦める事にする。

代わりに身体を丸めてココアをちびちびする文月の格好が、いつかの体育の時間のそれと重なったので話題を変えた。

「そういえば文月って体育の授業、参加しないの？」

奏太の質問に、文月はココア缶を机に置き、目を左上に向けてから口を開く。

「フランスの画家、ルノワールは言いました。人生には不愉快なことが溢れている。ゆえにこれ以上、不愉快なものをつくる必要はない、と」

「えっと……つまり体育は苦手と？」

「そういう事です。ありとあらゆる言い訳を駆使して、単位を落とさないギリギリの参加数に調整しています」

「潔いね」

「自分の不得意にわざわざ時間を割くのは非効率なので。そういう清水くんは運動、得意なんですね」

「身体を動かすのは得意かな。中学の時は運動部だったし。今も週に三、四回くらいはランニングしてる」

「なるほど、ランニング」

「興味なさそう」

「ないです」

「即答!」

「でも、凄いなとは思いますよ。私には乏しい能力なので」

「お、さては俺のバスケの活躍を見てた⁉」

「あと少しで勝利というタイミングで凡ミスして逆転負けという場面は見ていました」

「一番かっこ悪いシーン!」

「ちゃんと動けている場面も見ていましたよ。インド映画のダンスって、こんな感じなんだなと思いました」

「褒めてるの、それ?」

「ええ、もちろん。私にはあんな動き、出来ませんので」

自嘲気味に文月は言う。

その表情は羨ましがっているようにも、諦めているようにも見えた。

「ま、まあ、人間には得意不得意があるからね。別に運動が出来なくてもいいっしょ。文月、勉強できるし」

「私の成績、言ったことありましたっけ？」

「成績優秀者一覧のところによく載ってるから」

「ああ、なるほど……」

納得したように文月は小さく頷いた。県内でも有数の進学校である我が戸神《とがみ》高校では、体育館前の広いスペースで成績優秀者上位五十名を張り出し、名誉を讃える慣習がある。

「よく見ていますね」

「ひなたそとか悠生とか、いつもつるんでいる奴らは基本的に成績上位者でさ。特に悠生はいつもトップ層にいるから、文月の名前もよく目に入ってきたよ」

「一応、テストで5位から落ちた事はありませんね」

「流石過ぎる……」

ちなみに、ひなたそはああ見えて20位代をマークしており、美琴に至っては文月や悠生とトップ争いを繰り広げている一角だ。

当の奏太は30位前後をうろちょろしている成績。生徒全体からするとかなり上位に位置するが、いつメンたちと比べるとドベという哀しき現実である。

「予習と復習を怠らなければ解けない問題もそうないでしょう」

「くっ……俺も現国さえなければ一桁も夢じゃないのに！」

「どれだけ壊滅的なんですか」

「ステータスのグラフで描くと、現国のところだけボコッと凹んでるんだよね」

「現国こそ一番点が稼げる科目でしょうに」

「そりゃあこれだけ本読んでればねー。あっ、そうだ」

今しがた頭に浮かんだ思いつきに従って、奏太は鞄から現国の問題集を取り出す。

それから立ち上がって、すたたたっと文月のそばに移動した。

「なんでしょう？」

「今度の期末テスト、現国の問題教えて！」

「はい？」

「おっと、ゴキブリを見る目ですね」

「さっき、現国の授業がわかるようなったって言ってませんでしたっけ？」

「わかるようにはなってきたけど、100点を取れるとは言ってない！」

「知っていますか？　国語の問題って数学などとは違って、文章を読まないといけないので気軽に解けないのですよ」

「おっ、つまり得意領域？」

「なぜこの流れで期待の眼差しを浮かべるんですか」

はあ、と大きなため息をついて、ツンと文月は言う。

「自分で勉強してください。なんで私が」

「うぐ、厳しい」

文月はどこ吹く風といった様子で、伏せていた文庫本を手に取った。

取り付く島もないとはまさにこの事だろう。

（まっ、それはそうか……）

日常の大半を読書に費やす文月が、わざわざ自分なんかのために時間を割いて現国の勉強を教えてくれるなんぞ、天地がひっくり返ってもあり得ない事だろう。

大人しく諦めて自分の席に戻ろうと回れ右すると。

「……まあ、でも」

視線を本に落としたまま、文月は呟く。

「どうしてもわからない問題は、一緒に考えてあげないこともありません」

「!!」

ぐるんっと奏太が振り向く。

文月のありがたいお言葉に、奏太はぱあっと表情を明るくする。

「ありがとうございます文月先生!!」

「せ、先生付けは恥ずかしいのでやめてください」

ふんわり頬をりんご色に染める文月の隣に奏太は腰を下ろす。

「早速、この問題なんだけど……」

「どうしてもわからない問題は、と言ったのですが……」

と言いつつも文月は再び本を伏せて、奏太が見せてきた問題集を覗き込んだ。

(うお、ちか……)

整った横顔が視界を覆う。シミ一つない白いうなじからは妙な色っぽさを感じられ、ふわりと漂ってきた甘い香りにどことなく心疾《やま》しさが到来した。

「ああ、この問題ですね。もう既に解いてるので、解説は可能です」

「さすがです文月先生!」

「先生呼びを続けるようなら二度と教えてあげません」

「すみません文月さん!」

「まったく……それで、この問題ですが……」

家庭教師が出来の悪い生徒に教えるかのように、文月が解説を始める。

懇切丁寧な説明に、わからなかった箇所の理解がすんなりと進んでいった。

（なんだかんだで、面倒見が良いんだよねー……素直じゃないけど）

「何か今、失礼なことを考えていませんか？」

「イイエナニモ？」

「なぜ片言なんですか」

他愛無い言葉を交わしつつも、しばらく奏太は文月先生に教えを請うた。

そんな中で、思う。

（やっぱ……居心地いいなー）

文月と過ごす時間が、シンプルに楽しい。いつメンと一緒の時のどこか緊張感のある時間とは違って、穏やかな空気が流れていく。

（ずっと、続けばいいな……）

心の底からそう思った。

思っていた、矢先だった。

事件が起きたのは。

■第五章

それは、唐突な出来事だった。

「うおっ」

「きゃっ……」

昼休み。悠生の驚くような声と、文月の短い悲鳴が教室の入り口で響いた。

ちょうど悠生は、奏太を含むいつメンたちと食堂でランチを終えた後、お手洗いのため皆と別れ、一人で教室に帰ってきたところだった。

一方の文月も同じくお手洗いか、図書委員の用事なのか教室を出るタイミングだった。

ようするに、二人は教室の入り口で真正面からぶつかった。

悠生はガタイも良く体幹がしっかりしているから、小柄な文月がぶつかってきた程度では特に動じた様子もない。しかし、体格差のある文月は決して軽くない衝撃を受けたようで、後ろに倒れ尻餅をついた。

狭い学校内で衝突事故が起こるのはよくある事で、普通はお互いに「ごめんなさい」で終わるところだ。

しかし運が悪かったのは、文月が衝突した相手が悠生だったという事。

そしてもう一つ、文月が持っていた一冊の本が、悠生の真ん前に落ちてしまった事だ。

「なんだこれ？」

古ぼけて擦り切れた一冊の本を、まるで汚い雑巾を摘むように悠生が拾い上げる。

先に教室に帰って陽菜や美琴と他愛無い会話をしていた奏太は、そこでようやく何が起こったのかを把握した。

「きったねえ本だなあ。なになに、『砂漠の月』？」

ハッと、文月は目を見開いた。

「なんだこのイキったタイトル。あれか？　意識高い系ってやつか？」

小馬鹿にするように悠生が鼻を鳴らす。

次の瞬間。

「返して‼」

怒髪天を衝いたような声が教室に響き渡る。

地味で根暗で存在感のない読書女子。教室では誰とも関わらず、無言を貫いていた少女の腹の底から吐き出された絶叫に、教室内は水を打ったような静寂に包まれた。

しかしそれは一瞬の事で。

「さっきの、文月さん、よな？」

「あの子の声、初めて聞いたかも……」

「つかなんで怒ってんの？」

ざわつきが伝播していく。

教室中にいた誰も、文月がここまで怒っている理由がわかっていないようだった。

しかし奏太はわかった。

文月が激昂した理由が、痛いほどわかってしまった。

——あと何日かは、この本についてずっと考えていると思います。

そう言って愛おしげに、古ぼけたカバーを撫でていた文月が頭に浮かぶ。

彼女が名作と称し、何度も何度も読み返すほど愛着のある至高の一冊、『砂漠の月』。

それくらい大事にしていた本を取りあげられた上に『汚ねえ本』呼ばわりされた。

文月の烈火の如く怒った根拠はこれで十分説明がつくだろう。

一方の悠生は、まさかクラスで一番目立たない女子生徒に声を荒らげられるとは思っていなかったのか、しばし呆けたように動作を停止する。

その隙に文月は立ち上がって、悠生の手から本を奪い返した。

それからまるで我が子を守る母親のように、本を胸に抱き悠生を睨みつける。

「え、なになにどうしたの？」

「…………」

状況を読み込めてなくてキョロキョロしている陽菜と、事態を無言で静観する美琴。

（文月……）

そんな中、奏太は文月の元へ行こうとした。

文月の今の心情を考えると居ても立ってもいられなかった。

「えっ、えっ、そーちゃんまで、どしたん？」

立ち上がったところで陽菜に声をかけられ、ハッと思考に冷静が戻ってくる。

クラスの共通認識として、奏太と文月に個人的な接点は皆無だ。ここで文月のところへ行ったら、クラスメイトから「なぜ？」の視線を一身に受けるだろう。

（それに、行ってどうする……？）

怖がってるじゃないか、やめてあげなよと文月を庇うのか？

悠生に対してそんな態度を取ったらそれこそ、今の関係に亀裂が入るのは避けられない。

下手したら自分のクラスでの立ち位置も変わってしまう可能性がある。

（でも文月が……どうすれば……）

「そーちゃん？」

「あ、いや……なんでもない……」

文月を助けたい、でも自分のクラスでの立ち位置が揺らぐのが怖い。

そんな二つの気持ちの板挟みになって、結局動けず曖昧な言葉と共に椅子に座り直す。

「ンだよ本くらいで、カッカすんなよ」

悠生が低い声で、文月に言葉を投げつける。

ここで悠生が文月に言われっぱなしだと、自分の面子に関わる。

それがわかっているからこそ、悠生はあえて文月に凄みにかかった。

「っ……」

悠生の放つ圧に、肩をびくりと震わせる文月。

目を伏せ、ぎゅっと唇を結び、怯えたように後ずさる。

「おいおい、いきなり怒鳴ってきてダンマリか？　情緒不安定かよ！」

立場の差をわからせた事を確信した悠生が文月に迫る。

その声色と表情にはわかりやすく、他者を見下す嘲笑の色が浮かんでいた。

はんっと鼻で笑った後、悠生は勝ち誇ったように言い放った。

「そんなんだから友達いねーんだろ！」

「――――っ」

悠生の言葉に、文月は息が詰まったかのように胸を押さえた。

強いショックを受けたのだと奏太にはわかった。

ぷるぷると震える身体が妙にもの寂しく見える。

そんな中、くすくすと、教室の誰かがせせら笑った。

それからヒソヒソと、明らかに嘲笑が交じった声が教室内で湧き起こる。

皆から奇異の視線を向けられ陰口を囁かれる文月には見てられない痛々しさがあった。

「おおっと……」

本を抱えたまま、文月は勢いよく教室を飛び出した。

その後を追う者は誰もいない。

少しだけ奏太の身体が動いたが、それだけであった。

結局、呆然と事態を眺める事しか出来なかった。

残された悠生は「なんだアイツ」と舌打ちする。

「いやー、マジで意味わからんかったわ」

肩を竦めて何事も無かったかのように歩き出す悠生は、あくまでも自分は悪くないという風な空気を作っている。

クラスのトップカーストに属する悠生に苦言を呈する者は誰もいなかった。

クラスメイトたちは二言三言、先ほどの一幕について触れるものの、すぐに元の話に戻る。一瞬のうちに、教室はいつものざわめきを取り戻した。

まるで、クラスにおける文月の存在感を象徴しているかのようだった。

「おっす、お待たせ!」

奏太たちのいる席に戻ってきて笑顔で手を上げる悠生。

「おっそいじゃーん、ゆーせい。てかなんか凄かったね？」

スマホをぽちぽちしながら陽菜が言う。

「いやー、ほんそれな」

どかっと椅子に座り、やれやれと息をつく悠生。

「普段全く喋んねーと思ったら急にキレ出すわ、睨んでくるわ、やっぱよくわかんねー奴だったなー」

「声すごい大きかったよねえ。なんか、意外だった」

「ちがいねえ。ありゃ典型的なあたおか女だよ、あたおか」

（——違う）

心の中で、奏太は強く否定した。

ここ一ヶ月、文月と接した日々を思い返す。

決して、文月は頭のおかしな女なんかじゃない。

むしろ彼女は非常に常識的な価値観を持つ、本が大好きなだけの、ただの……。

（ただの、女の子だ……）

「奏太もそう思うよな？」

同意を求めてくる悠生に、胸の中で沸騰するような感覚が芽生える。

いつものようにヘラヘラ笑って首を縦に振るなんて、もはや考えられなかった。

「奏太？」

「……俺は、思わないかな」

気がつくと、そう答えていた。

美琴が意外そうに奏太を見る。

「へ？」

まさか否定されると思っていなかったのか、悠生が素っ頓狂な声を漏らす。

（落ち着け……）

胸の中で燃える感情を抑え込む。

あくまでも、文月とは関わりのない身体を意識し、言葉を選んで口を開く。

「文月さん、いつも本読んでるし……多分、あの本がとても大切だったんだよ、きっと。

それを馬鹿にされたから、文月さんは怒ったんだと思う。……あくまでも想像だけど」

さすがにちょっとやり過ぎだったでしょ、という責めのニュアンスも添えて、奏太は言う。

こんな事を言ったら悠生は逆ギレを起こすのでは、という一抹の不安があった。

極力、平静を装っているが、冷や汗はダラダラで心臓はバクバクだ。

でも、多分大丈夫だろうという楽観もあった。

悠生から見て、奏太の立場は下ではあるが圧倒的に下というわけではない。

よっぽどの事がない限り、悠生は奏太との衝突を望まないはずだ。

その予想は、当たっていた。

「いやーでもよ、先に怒鳴ってきたのは向こうの方だし……」

悪戯を注意されて口答えする子供みたく言う悠生。

とはいえ奏太の言葉は筋が通っているので、悠生も明確な反論を口にできない。

「んー、でも確かに、私もちょっとやり過ぎだと思ったかなー」

陽菜が苦笑いを浮かべて言う。思わぬ援護射撃だ。彼女もどちらかと言うと、争い事や人の悪意が苦手なタイプなため、奏太と似たような感想を抱いたのだろう。

「な、なんだよ陽菜も奏太の味方かよー」

「やー、味方とかじゃなくて、同じ女としてかな？　文月さん、多分男の人と喋るのとか超苦手な子だから、悠生に凄まれてよっぽど怖かったんだと思うよ。それに文月さん、教室を出ていく時、ちょっと泣いてたっぽいし」

「え、マジで？」

（マジか……）

悠生の声と、奏太の心の声は同時だった。

「多分だけどね？　私、スマホ中毒だけど視力めっちゃいいんだ～。神様に感謝だね！」

陽菜の明るい声で場が和らぐも、奏太の胸は締め付けられるように痛んだ。

言葉を失う悠生に、今まで静観していた美琴が口を開く。

「私も、あんなか弱そうな子を威圧するのは、どうかと思う」

「ぐっ、美琴まで……」

「ぶつかったらお互いにごめんなさいで済んだ話でしょう。皆の前でおちょくるような真似をしたり、友達がいないとか言うのも、人として違うと思うわ」

淡々としつつも力を含んだ美琴の正論に、悠生がうぐっと言葉に詰まる。

プライドがエベレスト並みに高い悠生だが、一方で年相応に常識的な部分もあるので、三人の立て続けの苦言を頭ごなしに突っぱねるような事はしない。

やがて、バツの悪そうに頭を掻いて。

「まあ、ちょっと言い過ぎたかもな……つい、いつもの癖で」

言うと、陽菜がにぱっと笑ってぺしぺしと悠生の背中を叩いた。

「わかればよきよき！　もう高校生だからねー、私たち。ああいう、なんていうの？　マウント取って気持ち良くなるのは卒業しないと」

意外と大人な陽菜の言葉に、悠生は「まあそれはそうだなー」とぼやき、大きなため息をついて言った。

「……タイミング見て、謝っとくわ」

「うんうん、そうしなー」

陽菜が笑顔で頷いたタイミングで、昼休みが終わるチャイムが鳴り響く。

最後はお互いに後腐れがない雰囲気で解散し、各々が席に戻った。

（……疲れた）

どっと鉛のように纏わりつく疲労感に、奏太は深く息をつく。

同時に、初めて自分の意思で反論をした事に、言いようのない達成感を覚えていた。

（やれば出来る、か……）

悠生には逆らえない、同調するしかないという思い込みは、自分が作り出した幻想だった。

しっかりと自分の意思と考えを持って主張すれば、案外相手も納得してくれるものなんだなと奏太は思った。

一瞬、微妙な空気になったが、最終的には丸く収まったので、結果オーライである。

「やるじゃない」

不意に、隣席からそんな言葉がかけられた。

美琴は、難問に正解した生徒を褒めるような、感心した表情を浮かべていた。

「いやー……なんか今回のは、ちょっと違うなーって思って」

「ええ、私もそう思うわ」

そう言い置いた後、美琴は続ける。

「でも、ちょっと……いえ、結構意外だったわ」

「意外？」

「奏太、自我の無い人だと思ってたから。悠生に言い返すとは、思っていなくて」

「自我無いはひどくない？」

「否定できないでしょう？」

「仰る通りでございます」

「よろしい」

くすり、と口元に小さな笑みを浮かべた後、美琴は真面目な表情をする。

「それで、なんで言い返そうと思ったの？」

どういう風の吹き回し？

とばかりに探るような目を向けてくる美琴に、奏太は答える。

「……別に、なんとなく」

自分と文月との関係性。

この一ヶ月の間に自分と文月がどんな交遊を重ね、彼女に対しどんな心象の変化を辿ってきたのかを説明すれば、自ずと納得のいく答えになるだろうが。

ここで、美琴に明かす気にはなれなかった。

「そっか……」

それ以上追及してくることはなく、美琴は次の授業の準備をし始めた。

（……別に、大層な理由じゃないよ）
先ほどの美琴の質問に、胸の中だけでそっと考える。
悠生に本を馬鹿にされ、凄まれ、怯える文月を助けることが出来なかった。
自分の保身を考え、何も出来なかった自分に強い怒りを覚えた。
悠生に言い返したのは、今の自分が出来る精一杯の罪滅ぼし。
それが文月にとってなんら関係ないのはわかっている。いわばただの自己満足だ。
筆箱を取り出す手にぎゅっと力が籠る。
灰色の油が喉元に纏わりつくような不快感を抱えたまま、授業が始まった。
文月の席に目を向けるも、彼女はまだ帰ってきていない。
なんとなく、彼女は戻ってこないんじゃないかと思った。
予想は、当たった。
それから五、六時間目と、文月は授業に出なかった。
その事を話題にする生徒もいなかったし、教師も文月の不在を軽く流していた。
この教室の人間たちにとって、文月は完全なる空気だった。
ただ一人、奏太を除いて。

◇◇◇

放課後、窓の外は墨汁を薄めたように薄暗い。そういえば夕方から雨予報だったたっけ？と思い出しつつ、微かな希望を胸にいつもの場所へ足を運ぶ。

図書準備室のドアを開けた途端、頬をふわりと撫でる温かい感触。

「……よかった、いた」

いつもの席で『砂漠の月』を読む文月を目にして、奏太はほっと胸を撫で下ろした。

文月の斜め前の定位置ではなく、彼女の隣席に腰を下ろす。

そこで、文月の目元がほんのりと赤みを帯びている事に気づいた。

——文月さん、教室を出ていく時、ちょっと泣いてたっぽいし。

陽菜の言葉を思い出すと、胸にちくりと痛みが走った。

かけるべき言葉を選んでから、尋ねる。

「……大丈夫？」

ぺらりと、ページを捲る音。

「えっと……」

「大丈夫に、見えますか？」

「……いや」

頭を振る奏太。実際、今の文月は見ていて痛々しい悲壮感が漂っていた。

意外だった。

文月なら、『ああいうのは、強者が弱者に力を誇示する単なる威嚇行為です。猿と同じですので気にしません』みたいなつよつよ理論を盾に平静を保っていると思った。

だが、実のところはどうだ。

瞳に光はなく、背中は力なく丸まっている。

いつも毅然としていて何事も動じない文月が、とても弱々しい。

触れたら砂となって消えてしまいそうな怖さがあった。

さっきから胸の辺りがちくちくと痛い。

気休めにしかならないと思いつつ、奏太は口を開く。

「あ、あの後、悠生と話したんだけどさ！　やり過ぎたって、反省してたよ。タイミングを見て謝るって言って……」

「どうでもいいです」

絶対零度の声が奏太の言葉を遮る。

本当に、心の底からどうでもいいと思っている様相だった。

次の言葉をどうするべきかわからず、奏太が口を噤《つぐ》んでいると。

「人生は地獄よりも地獄的である」

ぱたんと、本を閉じる音。

「数々の名作を世に残した文豪、芥川龍之介の言葉です」

芥川龍之介——彼は、苦悩に苦悩を重ねて最後に自死を選んだ悲劇の作家であると、いつかの国語の授業で学んだ事を思い出す。

「……今の私も、同じ事を考えています」

ひやりと、奏太の背中に冷たいものが走った。

紡がれた言葉は、底知れない絶望を孕んでいるように聞こえた。

「私、もう嫌です」

震える声が、空気を揺らす。

「人と関わるのも、周りの目に怯えるのも、裏で陰口を叩かれるのも、もう嫌です。何が悲しくて、こんな罰ゲームみたいな日々を過ごさなきゃいけないんですか」

怒り、寂寥、絶望。

文月の声はあらゆる負の感情を含んでいた。

(やっぱり……相当、怖い思いをしたんだろうな……)

教室でひっそりと生きていたところを威圧され、皆の前で無理やり晒し上げられた。

そのショックは想像以上に大きく、ナイーブになってしまっているのだろう。

その程度に考えていたから。

いつもの調子で奏太は軽率な笑みを浮かべ、無責任な事を口にしてしまった。

「まあまあ、そんな思い詰めなくても大丈夫だよ！　昼休みは怖い思いをしただろうし、変な注目も集めちゃったけど、悠生も皆も気にしてないだろうし、大した事にはならないよ。ほら、文月は強いから、きっとだいじょう……」

「強くなんてありません！」

窓を震わせるような大声が奏太の言葉を断ち切った。

「強くなんて……ないんですよ、本当に……」

視線を机に向けたまま、今にも泣きそうな声で繰り返す。

「……ごめん」

あまりにも軽率で、文月の事を考えていない発言だったと気づいて謝罪する。

「…………」

文月は何も答えない。

しん、と冬の夜空みたいな静寂が舞い降りたかと思うと、ごろごろと腹の底が揺れるような音が窓を揺らした。

（……何か、言わないと）

そんな薄っぺらい動機から頭に浮かんだ言葉を、口にする。

「文月はさ、なんでそんなに……本、読んでるの？」

質問を投げかけられた文月が奏太を見る。

胡乱げな瞳と目があう。

「どういう意図の質問ですか?」

どういう意図だろう。

返答には、少し考える時間を要した。

「…………知りたいから、かな」

「知りたい、ですか?」

「うん、文月のこと、もっと知りたくて。どうして文月は、こんなにたくさんの本を読んでいるのか……どういう経緯があって、一人で読書をするようになったのか、知りたい」

本心だった。

文月葵という人間を構成する『読書』には、どんなルーツがあるのか、知りたかった。

今まで見えていた表層上の文月ではなく、本質的な彼女は一体どういう人間なのか知りたかった。

しばらく文月は、考え込むように黙り込んだ。

それから奏太を、何かを見極めるようにじっと見つめる。

「ごめん、言いたくなければ、別に……」

「……初めて本を読んだのは、たぶん、五歳くらいの頃です」

視線を机に戻して、文月が口を開く。

それからゆっくりと、記憶を掘り起こすようにして語り始めた。

「物心つく前に、私は両親を事故で失って、古本屋を営む祖父母の家に引き取られました。そこで初めて……本を読みました」

初手からかなりヘビーな内容の割に、文月の語り口はどこか他人事だった。

「祖父母の家は、お店と一体になっている間取りでした。古本屋なので、本は毎日読み放題ですね。もっとも、遠い田舎の山に囲まれた町だった事もあって、そもそも本を読む事くらいしかやる事はありませんでしたが。……今思い返せば、子供心ながらに、両親を失った現実から逃避していたのだと思います」

淡々と、何かの本の朗読のように語る文月。

奏太は相槌も頷きもしなかった。

正確には、出来なかった。言葉を失っていた。

幼い頃に突然やってきた、両親との死別。

そのショックと悲しみは、家族が健在の奏太に推し量ることはできない。

奏太の思考と気持ちが追いつかないまま、文月は続ける。

「とはいえ当時はまだ五、六歳とかだったので、読める本も限られていました。日本昔ばなし的な絵本とか、よく読んでいましたね。本格的に読み始めたのは、小学生になってからでしょうか」

一つ一つ思い起こしながら、文月は語る。

「簡単に察しがつくと思うんですが、小学生になってから私、いわゆるいじめを受けるようになったんですよ。元々静かで引っ込み思案な性格ではあったんですが、授業参観とかクラスメイトとの家族の話題を通じて、両親がいない自分と両親が健在で幸せそうな家庭というズレを埋める事が出来なくて、対人関係に消極的になってしまったんですよね。こうして孤立していった私は、いじめっ子たちにとって絶好の玩具になりました」

これまた重い内容だったが、やっぱり文月はどこか他人事だった。

「あだ名を付けられて揶揄《からか》われたり、髪を引っ張られたり、教科書や上履きを隠されたり、机に落書きされたり、王道のラインナップは一通り経験しました。当時の私は、自分がなんでこんな目に遭っているのか、わかりませんでした。段々と学校に行くのが苦痛になって、次第に休みがちになって……。祖父母も心配をしてくれて、学校に掛け合ってくれたみたいなのですが、田舎の閉鎖的な学校なので、一人の児童の個人的な事情にいちいち親身になってくれないんですよね」

どこか諦めを含んだ声色で文月は続ける。

「それでずっと家にいるようになって、暇だったので色々な本を読み漁りました。売り物に漢字ドリルとかもあったので、自分で勉強して、わからない言葉は辞書とか引きながら、本当にたくさんの本を、毎日、毎日……」

懐かしむように、文月が手元の本を撫でる。

「多くの本を読む中で、私は段々と自分が何故いじめられているのか、わかってきました。知っていますか？　いじめという行動の本質は、異物の排除なんですよ。異物という、理解できない、わからないものに人は恐怖を覚え、自分の周りから排除しようと考えます。一種の防衛本能ですね。消臭剤が人気な理由が、臭さという異物の排除であるのと同じです。人間関係に置き換えると、個性が違う、肌の色や髪の色が違う、家庭環境が違うといった自分とは異なる要素を持っている他人を、人は異物として認識し排除しようと動きます。それが、いじめという行動の本質です」

「なる、ほど……」

大きな社会問題にもなっている『いじめ』のメカニズムを、こんな少ない文字数で説明した文月の経験と語彙力に、奏太は感嘆の息をつく事しか出来ない。

「自分がいじめられた理由がわかると、不思議と心が晴れやかになりました。ああ、なんだ、そんな理由だったんだって、呆気なさを感じたと言いますか。さっきの話と被りますが、人間が不安や恐怖を感じるのは、わからないからなんですよ。闇が怖いのも闇の中に何があるかわからないからです。でも、本のおかげで自分がいじめを受けていた理由がわかったので、不安や恐怖といった感情は無くなりました」

その感覚は、奏太も最近経験した。

以前、自分が何故他人の顔色を窺って人に合わせるばかりなのかという理由を文月に言語化された際、心に広がっていたモヤモヤが晴れていくような気持ちになった。

「でも同時に……色々と諦めもしました。私は、性格的な部分と家庭環境の部分で異物として認識されるので、どう足掻いても無駄なんだなって。世界中で研究結果や論文がいくつも出ているんですよ。人間が相互関係の中で生きている限り……つまり、人が人と関わっているうちは、どんな対策を講じようともいじめは無くならないんです。いじめを無くす方法は一つだけ」

顔を上げ、どこか決意めいた瞳で文月は言う。

「何者にも縛られず、誰とも関わらず、一人で生きていく事」

文月がその選択を取ったのは、言うまでもない。

「しばらくして、私はまた学校に通い始めました。祖父母に心配をかけたくなかったですし、彼らの幼稚な行動のために私が引きこもるのは馬鹿らしいなって思って。そのまま卒業して、近くの中学に進学したのですが、田舎の小さい学校だったので小学校の頃と顔ぶれが変わらず、引き続きいじめを受けました。上履きに画鋲を仕掛けられたり、トイレの個室で水を被せられたりアップグレードしてしまいましたが……。彼らは、私という異物が怖くて排除しようとしているんだなと思うと、不思議と堪《こら》える事が出来ました」

落ち着いた文月の声色が、静かな川のように流れている。

「中学に入ってから、私の読書量はどんどん増えていきました。小学生の頃に本の知識に救われたのもあって、本を読めばわからない事がわかる、本を読めば辛い現実を見なくても済むと思うようになったんです。単に現実世界よりも、本の世界の方がよっぽど面白くて刺激的だったのもありますが。どんどんのめり込んでいって、お店にあった本を読み尽くす勢いでした」

文月が瞳を懐かしむように細くする。

「とはいえ、さすがに読書の邪魔をされるのは鬱陶しかったので、いじめという原始的な行動を取りにくい、知能と理性が発達した人たちがいる環境……つまり、偏差値の高い高校に行こうと決めました。これも本の知識ですが、頭が良い人間は想像力も高くて自分がされて嫌な事を人にしないし、いじめなんて幼稚な行為は恥ずかしいって思っている人が多いらしいんですよね。それで、県内でも有数の進学校とされている、この高校を受けたのです」

こうして時系列は、現在へと繋がっていく。

「高校からは祖父母の家を出て、一人暮らしを始めました。不安もありましたが、幸いなことに予想通りの結果になりました。一人黙々と読書をして、他人との関わりの一切を拒んでも、小学校や中学校の時のようにいじめを受ける事はありませんでした。……ごくごく一部、例外もいましたが」

文月の眉が不快そうに歪む。

昼休みの一件を思い出した奏太は気まずい心持ちになった。

「少し……いえ、かなり、余計な事まで話してしまいましたね」

深く、深く、文月は息をついた。

「掻い摘んでになりましたが、これで話は終わりです」

文月が奏太の方を見る。

これで満足ですか、と言わんばかりの表情。

一方の奏太は、途方に暮れていた。

文月が本をこよなく愛する理由、一人でいる理由を知った。

知った上で、文月にどんな言葉を返すべきなのか、わからなかった。

いつもみたいに軽いノリで茶化すのは簡単だ。だけど、文月の口から語られたあまりにも重すぎる過去の数々に、そんな軽い言葉はぶつけられなかった。

(何を……言ったら……)

焦りと共に、背中にじんわりと汗が浮かぶ。口を開いて閉じてを何度か繰り返した時、文月の太腿の上で微かに震えている両拳が目に入った。

気づく。文月が自分の過去を明かすのは相当勇気のいる事だろうと。

それだけ自分を信用してくれていると思うと、自然と言葉が出てきた。

「話してくれて、ありがとう。なんか、その、うまく言葉が纏まらないけど……とりあえず、大変だったんだなって、思った」

「大変……だったかも、しれませんね。でも、私には本がありましたから」

そう言って、文月は手元の本を大事そうに撫でた。

（……そうか）

文月の言葉の数々から、ある一つの結論が導き出される。

自分が盛大な勘違いをしていた事に、ようやく気づいた。

いつも冷静で、わからない事なんて無いんじゃないかと思うくらい物知りで、どんなに困難な状況に直面しても、膨大な知識の泉から的確な対処法を引き出すことが出来る。

そんな彼女を、強いと思っていた。

逆だった。

弱かったから、たくさんの知識で武装して、自分を守っていたんだ。

――書店では、本に囲まれているので平気なだけです。幾千もの本たちが私に勇気をくれて、他人と目を合わせて言葉を交わせるという奇跡を起こしてくれるんです。

いつだったか、文月が言った言葉を思い出す。

文月にとって本はまさしく、自分を守る盾そのものであり、心の拠り所でもあったんだ。

「ごめん、本当に。俺、文月のこと……全然わかってないのに、勝手に強い人だって決めつけて、こんなの大したことないとか言って……」

「気に病む必要はないですよ。強そうに見せていたのは、私自身なので」

自嘲めいた笑みを浮かべる文月。

その時――ぽつぽつと、空から降ってきた水滴が窓を叩いた。

じきにざーざーと、本降りの音が響き始める。

「今日、本当に久しぶりに他人から悪意を身に受けて……ああ、やっぱり私は弱いんだなって、再認識しました」

寂しそうに言いながら、文月はそっと目元を隠すように前髪に触れる。

「私が前髪を切らないのは、世界が怖いからです。怖くて怖くて仕方がないからです。どうしてみんな、平気な顔で他人と喋れるんですか？　人と目を合わせることができるんですか？　超能力者か何かなんですか？　意味がわかりません。理解が出来ないです。理解が出来なくて、怖いんです。こんな怖い思いをするなら、私は……」

瞳に燃えるような意志を灯して、文月は言った。

「私はずっと、一人でいい」

その言葉には、強い決意が籠っているように聞こえた。

奏太の背筋に戦慄が走る。

今、この言葉を否定しないと文月は……ふらっとどこかへ消えてしまうような気がした。

「だ、駄目だよそんな！　一人でいいなんて……」

「なぜ駄目なのですか？」

「なぜって……」

人は誰かと一緒にいる事が普通だから。

普通？　普通ってなんだ？

アインシュタインも言っていた、普通は偏見のコレクションでしかないって。

これも文月に教わった事だ。

つまり、文月の一人でいたいという気持ちを否定する材料にはならない。

「前に言いましたよね。現代では、一人でいたいなら一人でいればいいという選択が取れると。チェコの作家、フランツ・カフカも言っています。一人でいれば何事も起こらないって」

気づいてしまう。文月の意思を否定する手段がない事に。

彼女は論理的に筋が通っていないと納得しない。

それはこの数週間で嫌というほど理解している。

言葉を詰まらせて狼狽する奏太に、文月はどこか清々しい声で言う。

「清水くんが気にする事はないですよ。元の状態に戻るだけなので」

「元の、状態……？」

言葉の真意を測りかねている奏太をよそに、文月が立ち上がる。

「こんな異物と関わっても、良い事ないですから」

儚げな笑みを浮かべて言った後、『砂漠の月』を鞄に仕舞う。

その表情はどこか、物寂しげだった。

文月が鞄を手にする。呆然とする奏太に構わず、扉に手をかけて。

「さようなら」

最後にそれだけ言って、文月は図書準備室を去った。

後には奏太と、もの寂しく響く雨音だけが残された。

その日を境に——文月は、学校に来なくなった。

■第六章

「ねーねー、ゆーせー！　昨日の東京オンエアの動画見た？」

「見た見た！　てっちんとユウマリンの破局報告だろ？」

「そう！　あり得なくない!?　交際してまだ二ヶ月も経ってないのに！」

「いや俺言ったじゃん！　根が真面目でめちゃくちゃ良い子のユウマリンが、チャラ男のてっちんと長続きするわけないって！」

朝の教室。今日も今日とて、陽菜と悠生は流行りのヨーチューバーの話題で大盛り上がりだ。

一方の奏太は、誰も座っていない文月の席を眺めていた。

（今日も来ない、か……）

文月が学校に来なくなって、今日で一週間。

実質、クラスメイトの一人が消えたようなものなのに、日常は変わらず続いている。

文月の欠席について触れる者は誰もいない。

教師も文月の欠席については『体調不良』の一点張りだった。

唯一、気にかけているのは、奏太だけ。

誰にも聞こえないボリュームで、呟く。

「元の状態、ね……」

今まさに、その言葉の通りとなっていた。

文月が学校に来なくなる事で、元の状態――奏太と文月が出会う前の状態に戻っていた。

文月が自分の過去を明かしたあの日、薄々こうなるのでは、という嫌な予感はあった。

だが一方で、次の日から何事も無かったかのように、同じ日々が続くのではと楽観もしていた。いざ本当に文月が学校に来なくなってようやく、彼女の言葉が冗談でも嘘でもない、本気だったと思い知った。

(このまま、ずっと来ないつもりなのかな……)

文月ならあり得る、と奏太は思った。

ぼんやりとしたイメージが脳裏に浮かぶ。

『残念ですが、文月葵さんは諸事情により転校されました』と淡々とした口調で言う沖坂先生に、毛ほどの興味も浮かべないクラスメイトたち。

想像していたら、胃袋が裏返るような不快感があった。

文字通り、文月が『異物』として排除された日常に違和感を覚えていた。

「奏太もそう思うよね⁉」

「…………え？」

テンションの高い陽菜に話を振られて、鳩が豆鉄砲を食らったような顔をする奏太。

「あっ、ごめん、聞いてなかった、なんの話？」

「ぼーっとしてる場合じゃないよ！　てっちんとユウマリンの破局動画！　昨日投稿されたっしょ！　あれ、あり得なくない⁉」

「あ、ああっー……」

そういえば昨晩、そんなタイトルの動画の通知が来たような気がする。

「ごめん、実はまだ、昨日の動画は見てなくて……」

「えぇー⁉」

頭を抱えてオーマイガーと言わんばかりのリアクションをする陽菜。

「そりゃないよそーちゃん！　ヨーチューバー界を揺るがす大事件だよ！」

「ほんとだぞ奏太！　マジでやっべーから、秒で見たほうがいい！」

熱を帯びた顔が二つも迫ってきて思わずたじろぐ。

「うひゃー……ごめんごめん、昨日は何だか眠くて……」

我ながらグダグダな言い訳だったが、不思議と取り繕う気になれなかった。

「まあーそろそろ期末テストだからねー。寝不足週間に突入しちゃうのはわかるけど、息抜きもしないとだよ!」

「テスト……」

――今度の期末テスト、現国の問題教えて!

――はい?

――おっと、ゴキブリを見る目ですね。

文月とのいつかのやりとりを思い出す。

テスト勉強なんかしちゃいない。昨晩はずっと、ぼんやりとしていた。

昨晩どころか、文月が学校に来なくなってからボーッとする事が増えた。

ちらちらと文月の事が頭に浮かんで、読書も勉強も手につかない日々が続いていた。

(……なんて言ったら、二人はどんな反応をするだろう)

「そういえばそーちゃん、『ちぬぼく』の続き見た?」

「チヌボク?」

「もー、まだぼやっとしてるの? 『血濡れた廃墟で僕たちは』だよ! ほら、奏太も面白かったって言ってたじゃん」

「あー……」

――友達からお薦めされた漫画を探してるんだけどさ、いくら探しても見つからないんだ。

――なるほど、タイトルはなんでしょう?

――えっと……『血濡れた廃墟で僕たちは』だったかな。

――なるほど。

また、文月とのやりとりを思い出す。

(だいぶ重症だ、これ……)

事あるごとに文月の事を考えてしまう。文月に会いたいと思っている自分がいる。

でも同時に、会うべきではないと理性が強く歯止めをかけていた。

――現代では、一人でいたいなら一人でいればいいという選択が取れるんです。

――私はずっと、一人でいい。

言葉の通り、文月は誰とも関わらず一人になる事を選んだ。

その選択をするためには、並々ならぬ覚悟が必要だっただろう。

しかしそれほどまでに、文月は苦しんでいたんだ。家族にも友人にも集団生活を営む性格にも恵まれて、ぬくぬくと育ってきた自分に文月の苦しみはわからない。

人生は地獄よりも地獄的だと言い放った文月の苦痛を計り知る事はできない。

だからこそ、無責任な事は言えない。文月も悩んで悩んで、悩み抜いた末にこの選択をしたのだろうから、彼女の意思を尊重するべきなんだと頭ではわかっていた。

何度もその結論に行き着いた。

（けど……）

感情の部分でどうしても納得する事ができなくて、悶々としているのも事実だった。

「おーい、そーちゃん、おーい」

「へっ？」

顔の前で掌をフリフリされてハッとする。

「さっきからどうしちゃったの？　いきなり固まっちゃって……」

「奏太、大丈夫か？　お前なんかおかしくね？」

「もしかして具合悪い？　保健室一緒に行こっか？」

「ああ、いや、大丈夫だよ！　たぶん普通に寝不足なだけで……」

心配そうな二人の表情を見て慌てて弁明する。

「ふーん、なら良いんだけど……今日はちゃんと寝ないとだよー？」

「わかってるって」

はははと、奏太は乾いた笑みを浮かべた。

「それで、『ちぬぼく』の話だったよね？」

「そそ！　『ちぬぼく』！　そーちゃんといつ、二巻について語り合えるのかなーと思って！」

爛々と瞳を輝かせる陽菜を前にして、考える。

今までの自分だったら、脳死で二巻の購入を約束しただろう。表情筋が攣《つ》りそうな笑顔を振りまいて「楽しみー！」とかなんとか言ってたに違いない。

（でも……）

なんとなく、今はそうする気になれなかった。

周りに合わせるために自分の好みに嘘をつきたくないと思った。

以前の自分には見られなかった心境の変化だ。

──清水くんは一体、どこにいるんですか？

（俺は、ここにいる）

また脳内に響く文月の声に、奏太は応える。

場が白けるかもしれない。陽菜も不機嫌になってしまうかもしれない。

そんな可能性が脳裏にチラつきつつも、奏太は言った。

「ごめん、多分二巻は買わないかな」

「はえっ、どうして？」

両掌を天井に向け『ＷＨＹ？』のジェスチャーをする陽菜に、奏太は胸の内をそのまま話す。

「よくよく考えてみてわかったんだけど、俺グロいのとか鬱々しい作風がちょっと苦手っぽいんだよね」

「ええー！　そうなの!?」

案の定、陽菜はガーン！　とオーバーなリアクションをした。

奏太がぎこちなく頷くと、陽菜は「なんだー、そうだったかー」と残念そうに言う。

「グロ鬱は合わなかったのねー。りょーかいりょーかい！」

「せっかくお薦めしてくれたのに、ごめん……」

「いやいやいや！　謝る事はないよ！」

申し訳なさそうに頭を下げる奏太に、陽菜がぶんぶんと頭を振る。

「人にはそれぞれ好みがあるからね。私だって苦手な作品、いくつもあるし。むしろ、合わなかったのに一巻を読みきってくれてちょー感謝！」

いつもと変わらない、太陽のような笑顔を咲かせる陽菜は全く気にしていない様子だ。

不機嫌になるどころか、まさか感謝までされるとは。思わず呆けていると。

「ねえねえそれじゃあさ、そーちゃんの好み教えてよ」

「え？」

「そういえば聞いた事なかったなって。私、ちょー漫画読んでるし、そーちゃんの好みに合う漫画、紹介できると思う」

「それはありがたいんだけど……でも、わざわざ申し訳ないというか……」

「気にしない気にしない！　むしろ、そーちゃんにはいつも話を聞いてもらってばかりだからさ。私も何か役に立ちたいわけよ」

「なるほど……」

そこまで言うのならと、お言葉に甘えることにした。好きな作品の傾向や、過去に読んで面白かった漫画を挙げていく奏太に、ふんふんと頷く陽菜。

「お前そういう系の漫画好きだったんだなー。でも気持ちはわかる気がするぜ」

そう言って悠生は笑っていた。

「おっけ、把握！　多分、そーちゃんが好きな漫画は……」

陽菜の口から飛び出すお薦めのタイトルたちを、奏太はスマホでメモっていった。

（結果的に、良い方向に収まって良かった……）

安堵すると同時に、気づく。

こうなってしまうかも、という悪い想像は実は自分の思い込みに過ぎなくて。

少し勇気を出して本心を口にしてみれば、案外周りもちゃんと受け止めてくれる。

考えてみれば当たり前かもしれないが、自分にとって大きな気づきだった。

そのタイミングで、美琴がやってきた。

「おっす、おはよ美琴！」

「おはよう、悠生。……って、ちょっと陽菜、また私の席を占領して」

「あ、ごめん美琴ちゃん！　座り心地良さそうだったからつい」

全然悪びれていない様子の陽菜がぴよーんと席を立つ。

「座り心地なんて、どの椅子も同じでしょう」

「ノンノン！　美琴ちゃんの席ってだけでプレミアが付いてるのだよ！」

「意味がわからないから」

可笑しそうに笑ってから、奏太の隣席に腰を下ろす美琴。

「奏太も、おはよう」

「あ、うん、おはよう……」

奏太が言葉を返すと、美琴が訝しげに眉を寄せる。

それからじっと、顔を見つめてきた。

「な、なに？」

「別に」

美琴がふいっと顔を逸らすと同時に、始業を告げるチャイムが鳴り響く。

「それじゃーな」「まったねーん！」と、各々は席に戻った。

「珍しいね、美琴が遅刻ギリギリなんて」

一時間目の用意をしながら、奏太は美琴に話しかける。

「昨日買った本が面白くて、つい夜明けまで読み耽ってしまったの」

「へえ！　なんて本!?」

水を得た魚のように尋ねてくる奏太に、美琴が目を丸める。

「やけに食い気味ね。本、好きだったの？」

「あ、あっー、その……なんとなく？」

明らかに文月の影響でしかないのだが、それをここで言うわけにもいかない。

あははと頭を掻いて誤魔化す奏太をじいっと見る美琴の瞳には、猜疑心とは別に確信めいた何かが浮かんでいるようだった。

（……なんか俺、疑われてる？）

尋問を受ける犯人のような心持ちになる奏太に、真面目な口調で美琴が尋ねてきた。

「放課後、少し時間を貰えないかしら？」

◇◇◇

放課後、奏太は美琴に連れられて教室を出た。

このところは、授業が終わるといつメンと遊びにいくか家に帰るかの二択だったので、昇降口に向かわないのは随分と久しい感覚である。

美琴の先導でやってきたのは屋上だった。

昨今の学校としては珍しく、戸神高校では生徒に屋上が開放されている。

校内の密かな人気スポットであった。

「今日は暖かいわねー」

フェンスで覆われた広々とした空間に出た途端、美琴は気持ちよさそうに伸びをする。

ここ最近は秋雨前線がやる気を出していて、しとしとと冷たい雨が降っていたが、今日は雲一つない青空でぽかぽかしていた。

「どうしてここへ？」

奏太が尋ねると、美琴は伸びをやめてこちらを振り向く。

「別に屋上に来た事に意味はないわ。二人で話したかったの」

「内緒話をするにしては随分とオープンなんだね」

乳繰り合うカップルや楽しく駄弁る友人グループなど、ちらほらと点在する先客を見遣りながら奏太が言うと。

「あら、図書準備室の方が良かったかしら？」

心臓が飛び出るかと思った。

驚きがわかりやすく表情に出た奏太を見て、美琴は「やっぱりね」と小さく笑う。

「……知ってたの？」

「放課後、いそいそと図書準備室に向かう奏太を何度か確認しているわ」

「ということは……」

高速で回転する頭が、ある一つの可能性を導き出す。

「もしかして把握してる？　俺と、文月のこと……」

「放課後によく二人きりで図書準備室にいる、くらいなら」

「それはもう、ほぼ知っていると同じなんだよね……」

この時点でもう、何か隠そうとか誤魔化そうとか、そういう気持ちは霧散した。

不思議と焦りはなかった。

そもそも、バレたらその時はその時くらいのテンションでいたし。

（とはいえ、まさか美琴に知られるとは……）

苦笑を浮かべる奏太に、美琴は尋ねる。

「付き合ってるの？」

「べふっ!!」

突然のぶっ込みに思わず吹き出してしまう。

「大丈夫？」

ごほごほと咳払いしつつ、美琴に掌を向けて大丈夫の意思表示。

「つ、付き合ってないよ！　どういう関係かと聞かれると……友達、だと思う」

文月が自分を友達として見てくれているかどうかは別として。

「なるほどね。それは本当のようね」

顎に手を当てて頷く美琴に奏太は尋ねる。

「というか、なんで気づいたの？」

「気づいた、というか……初めにあれっと思ったのは、街で奏太と文月さんが二人で歩いているのを見かけた時よ」

「あれかー」

いつかの休日、文月と二人でカフェで読書をした帰り。

塾帰りの美琴とたまたま出くわして、奏太は必死に誤魔化す羽目になった。

「初めて話したという割には、二人の空気感が初対面のそれじゃなかった気がしたの。それに、文月さんは嘘がバレた子供みたいに挙動不審だったし、奏太に至っては完全に顔に出てたわ」

「俺ってそんなにわかりやすい？」

「何を今さら」

「デスヨネ」

「それから、悠生のボウリングの誘いを家族との用事で断る事があったじゃない？　その時も、奏太の目が泳いでた。なんか怪しいなと思ってつけてみたら、奏太は図書準備室に入っていくし、中からは文月さんの声がするしで確信を持った感じかな」

「探偵みたいな事するね⁉」

「わからない事をわからないまま放っておきたくない性なの。知ってるでしょう？」

「重々承知でございます」

「一応言っておくと、会話内容までは聞いてないわよ？　やっぱり、二人は仲が良かったんだなって合点がいって満足したし。あとこの事は誰にも言ってないから、安心しなさい。人の目を気にする奏太が文月さんとの関係を公にしたくないのも察してたから」

「何から何までお見通し過ぎる……」

「元カノを舐めないことね」

　ふふっと、美琴は悪戯っぽく笑う。

　今まで奏太が何度もときめいた、可憐で色っぽい表情。

　しかしすぐに美琴は元の顔に戻って。

「今日、時間を貰ったのは、文月さんの事についてよ」

　本題とばかりに、美琴が尋ねる。

「文月さんが学校に来なくなった理由、知ってるわよね？」

「……うん」

　こくりと頷く奏太の目に曇りが生じたのを、美琴は見逃さない。

「奏太がここ数日元気ないのも、それが原因よね？」

「………うん」

本当にお見通しだなあと、奏太は戦慄さえ覚える。

「理由、話してくれないかしら？」

「いや、でも……」

美琴に時間を取らせてしまうのは申し訳なさがあった。

しかしそれもお見通しとばかりに、美琴がずいっと迫ってくる。

「知ってるわよね？　私、わからないことをわからないままにしておくのは我慢ならないの。それに……」

奏太の目を真っ直ぐ見て、力強い声色で言う。

「私たち、友達でしょう？　力になりたいの」

その言葉に、奏太の胸に温かい気持ちが到来した。知りたいから話してほしいと美琴は言ったが、一番の理由は奏太を心から心配しているからだろう。

付き合いが長いから、わかる。綾瀬美琴という人間はクールでサバサバしているように見えて、とても優しい女の子なのだ。

（……本当に、美琴には助けてもらってばっかりだ）

中学の頃に付き合っていた時、慣れないエスコートをして失敗した自分を美琴は何度もフォローしてくれた。昔のことを思い出して、自然と笑みが溢れる。

「……そう、だね」

ここまで知られているのであれば、今更隠す事もない。

それに正直なところ、話せるのなら誰かに話したい気持ちではあった。

ここ一週間ずっと、文月の事で悶々としていて、日常生活に支障が出始めていたから。

美琴の善意に甘える事にした。

「少し、話が長くなるかも」

「今日は暖かいから、大丈夫よ」

そう言って、美琴は余裕げな笑みを浮かべた。

それから美琴とフェンス沿いに腰掛けて、これまでの経緯を話し始める奏太。

文月との書店での出会い、それをきっかけに読書を始めた事。

文月にお薦めされた本を、放課後一緒に図書準備室で読むようになった事。

それを踏まえて、文月が学校に来なくなった理由……悠生との一件のあと、文月が言った「一人でいたい」の事。

文月の過去については、小学校から中学校時代にいじめを受けていたという、彼女が「一人でいたい」という発言に至った事がわかる触りの部分だけ説明した。

文月自身、あまり人には知られたくないだろうという配慮からだった。

「……なるほど、そういう事だったのね」

奏太が話し終えると、美琴は深く息を吐き頷く。

改めて話してみると、あまりに濃い一ヶ月半だったと実感する。

「とりあえず思ったのは、悠生が大戦犯ね」

「それは本当にそうだと思う」

「悠生のマウント癖が無かったら、こうなる事も無かったと」

「起こった事をとやかく言っても仕方がないけどね」

ただ今回の一件がなくても、いずれこうなっていたのではという予感もあった。

集団に対する強い忌避感がある限り、遅かれ早かれ文月は一人を選択したのではないだろうかと、奏太は思う。

「まあ、今は悠生の話はいいや、それで……」

じっと美琴が見つめてきて、奏太に問う。

「奏太はさ、どうしたいの？」

「文月の意思を尊重するべきかなと、思っている」

「ふうん」

「な、なに？」

「それ、本心？」

「………」

もやっと湧き出た不快感は、それが自分の本意ではない事を表している。

「頭では……文月の意思を尊重するべきだと思ってるけど……気持ちとしては、学校に来てほしいって、思ってる」

「でも今は、尊重するべき方に傾いてる、という事？」

こくりと奏太が頷くと、美琴は「なるほどね」と小さく笑った。

校庭から聞こえてくる運動部の掛け声、時たま吹き抜ける秋風がどこからかアスファルトの匂いを運んでくる。

少し間を置いてから、美琴は口を開いた。

「奏太らしい葛藤の仕方ね」

「褒めてるの、それ？」

「褒めてるわよ、半分は」

「もう半分は？」

「自分勝手だと、思ってる」

きゅっ、と胸が締まる感覚があった。

どういう意味かと目で尋ねると、静かに、しかし妙に響く声で美琴は言葉を紡ぐ。

「他人を思い遣るのと、自分が傷つきたくないから思考停止するのは、違うと思うの。奏太は昔から、自分を抑えて他人に合わせる癖があるけど、それをしてしまう理由は……ようするに、嫌われたくないからでしょう？」

美琴の言葉の一つ一つがグサグサと刺さって抜けなくなるような感覚は、それが図星である事を明快に示していた。

「人に合わせていれば、衝突しなければ、とりあえず嫌われる事はない。だから、自分の本音や意見に蓋をして、イエスマンに徹している」

自分という人間がバラバラに解剖されているような心持ちだった。

どうやら人は図星を指されると怒りを抱くらしい。

行き場のない熱い感情が心臓の付近を暴れ回って息が詰まりそうになる。

自分がいかに薄っぺらい人間であるかを証明されているようで、耳を塞ぎたくなる。

だが、ここで耳を背けるわけにはいかないという強い気持ちもあった。

ようするに、と美琴は前置きして、結論を口にする。

「文月さんの意思を尊重するというのは建前で……本当は単に、文月さんと衝突するのが怖くて、自分を押し込んで苦しんでいるだけ。違う？」

「……違わない」

半ば反射的に、奏太は答える。

名探偵に全ての犯行内容を言い当てられた犯人が白状するみたいに、奏太は言う。

「心の中では、わかってたんだ。俺のことは、俺が一番よくわかっているから……美琴の言う通り俺は……単に文月と向き合うのが、怖かっただけなんだと思う」

思い返すと昔から、自分は好みや主張が乏しい人間だった。

正確には、あるにはあるのだが、それを周囲に主張するほど強くはなかった。

それよりも、皆がいつも笑顔で仲良しの世界観が良いという欲求が強く、衝突を避け、誰に対しても同調するスタンスをとっていた。

その結果、お前は結局誰の味方なのかと疑念の目を向けられ、八方美人だと詰められたのは思い出したくない苦い記憶だ。

「奏太はもうちょっと、我が儘を言ってもいいと思うの」

子供に言い聞かせるみたいに、美琴は言う。

「自己主張をしないというのは一見、角が立たないから接しやすくはあるんだけど、人によっては自分に心を開いてくれないとも感じ取れて、寂しい気持ちになるわ」

「それは……もしかして実体験？」

恐る恐る尋ねると、美琴は少し拗ねたように口を尖らせた。

「私は、寂しかったわよ。せっかく付き合ってるのに、デートでどこ行きたいかとか、何を食べたいか、とかも私ばかり言って、全然我が儘言ってくれないんだもの」

言われてみればと、数々の思い出が苦味を伴って頭の中で溢れ返った。

（というか、別れた原因ってそれが理由じゃ……）

さーっと血の気が引いていく。

「うあああ……ごめん！　本当に、色々と……マジでごめんなさい」

「もう過ぎた事よ。あの時は私も色々と未熟だったから、お互い様だわ」

ペコペコと頭を下げる奏太に、美琴は涼しい顔をして答えた。

「話を戻すわ。纏めると、奏太は文月さんに本音をぶつけたほうが良いと思うの。このままだと、モヤモヤしたまま時間を過ごすだけでしょう？」

「それはそうだと、思う……けど……」

（仮に本音をぶつけても……無駄なんじゃ……）

そんな気持ちがあった。

文月と会おうと思えば、たぶん会える。

文月のバイト先の書店に行けばいい。

だが会ったとて、どうする？

論理に筋が通っていないと文月は納得しない。

自分の気持ちを明かしても、『清水くんの考えはそれでいいと思います。でも私は違うので』ときっぱり拒絶する文月が容易に想像できた。

そんな煮え切らない奏太の胸中を察したのか。

「これはあくまでも私の想像でしかないんだけど……」

顎に手を添え、美琴は核心を衝いた言葉を口にした。

「文月さん、実は寂しがり屋なんじゃないかしら？」

「……と、いうと？」

「一人でいたいって言ってる割には、わざわざ時間を割いて奏太に本をお薦めしたり、自分の聖域だったはずの図書準備室で奏太と放課後を過ごしたり、休日にカフェに出かけたり……言ってる事とやってる事がチグハグな気がするのよ」

「言われてみると、確かに……」

『人間は矛盾を抱えて生きている存在である』

文月にお薦めされて読んだ本の一節だ。

心の中ではこう思っているのに、実際の行動では真逆の行動を取ってしまうなんて、人間にはよくある事だ。それら行動の中に、その人の深層下の本心が隠れていたりする。

現に奏太だって、本心では文月に学校に来てほしいと思っていたのに、実際の行動は静観だった。それは同じ人間である文月にも当てはまるだろう。

「人間は所詮、人間なのよ。孤高の存在にはなれないわ。誰だって、一人ぼっちは寂しいもの。それは奏太が一番よくわかってるでしょう？」

「うん、痛いほどに……」

よくわかっている。

（ということは……）

輪郭が朧《おぼろ》げだった文月の像が、徐々に鮮明になってくる。

一人になる事を選択し、学校に来なくなった文月の行動。

しかし、その心は――。

(実は、真逆……?)

ある意味、納得のいく可能性が浮上する。

もしそうであれば、という希望が見え隠れする。

だが、想像はあくまでも想像の域を出ない。

(何か、確証が欲しい……)

むしろ確証がないと、文月は納得しないだろう。

実際のところ、文月の本心はどうなのか?

裏付ける根拠が欲しかった。しかしそれは、途方もない難問だった。

美琴が奏太という人間の本質を言語化出来たのは、十年という長い付き合いがあってこその事で、たった一ヶ月半しか接していない文月の本心なんてわかるはずがない。

どれだけ文月の言葉や行動を思い起こそうとも、それらをどう捉えるかは自分の価値観や感性でしかなくて、裏に隠れている意図や本音までは推し量る事は出来ないのだ。

(他人の心を解き明かすなんて、出来るはずが……)

「いや、ちょっと待てよ……」

出来ていた人がいた。

それも一ヶ月半どころか、出会ってほんの数日の間に。

「どうしたの？」

突然、神妙な顔つきになってブツブツ呟き始めた奏太に美琴が尋ねる。

しかし奏太の耳には何も入ってこなくなっていた。

——清水くんにお薦めしている本の主人公は、清水くんの性格に近い属性をチョイスするようにしています。

文月の言葉を思い出す。

そう、彼女は的確に奏太が面白いと感じる本をセレクトしていた。

文月がお薦めしてくれた数々の本の中に、ハズレは一つもなかった。

それはすなわち、『清水奏太はこういうものを面白いと感じる人間だ』と、文月が分析出来ていた事を意味する。

文月は見事に、奏太の心を解き明かしていたのだ。

どうしてそんな芸当が出来たのか。

思い当たる節は一つしかなかった。

「そうか、本……」

パズルのピース同士が繋がっていく感覚。

（文月が今まで読んできた膨大な本の中に、俺と似た性格のキャラクターがたくさんいて……そこから推測した、という事か）

そうとしか考えられなかった。

そしてそこから逆算出来るのは、一つの仮説。

（つまり、文月と似たような性格のキャラクターがいる本を読めば……）

その時、脳裏できらりと何かが光った。

――小説は、どれだけ主人公に共感出来るかで面白さが変わりますからね。この本の主人公に至っては、私自身かと思えるくらい共感出来ました。

いつかのカフェで文月が溢した言葉が、頭の中に響いて――。

「奏太？」

前触れなく立ち上がった奏太を、美琴が不思議そうに見上げる。

「ごめん、やる事ができた」

先程までとは違う、どこか精悍《せいかん》な横顔を見て美琴は「そう」とだけ呟く。

それから美琴も立ち上がって。

「頑張って」

とだけ言ってくれた。

「ありがとう、本当に。おかげで、色々気づけた」

「役に立てたなら何よりだわ」

行ってらっしゃい、とでも言うように美琴が身を引く。

もう言葉はいらなかった。一歩二歩と屋上の出入り口に向けて歩く。

「奏太」

声をかけられて、振り向く。

「言いたい事が十年分くらい溜まっていたから、勢いに任せて色々言ってしまったけれど……」

ふわりと笑って、美琴は言った。

「人のために全力になれるのは、奏太の良いところだと思うわ」

その言葉の返答として、奏太は笑顔で頷いた。

美琴と別れてから、奏太は駆けた。

階段を一段飛ばしで降りて、人がまばらになった廊下を走って、昇降口に飛び込む。

一刻も早く読まないといけない本があった。

文月が人生のバイブルにしたいくらいだと言い放った一冊。

『砂漠の月』を。

◇◇◇

奏太が屋上を去った後。

一人になった美琴がフェンスに身を預ける。

それから大きく息を吐いて。

「……ほんと、奏太の良いところだわ」

どこか嬉しそうに言う美琴の頬には、ほんのりと赤みが差していた。

■最終章

「大変申し訳ございません。お探しの本は現在店舗在庫が無いようでして……」

学校から一番近い大型書店。

店員さんから告げられた言葉に、奏太は肩を落とす。

「そうですか……わかりました」

「一応、取り寄せは出来るのですが、いかがいたしましょうか？」

「いえ、大丈夫です！　ありがとうございました」

取り寄せをした場合、入手までに一、二週間かかってしまう。

そんな時間は待てなかった。書店を出た後、スマホを取り出す奏太。

もしかして電子で読めるのでは、という望みをかけてＡｍｏｚｏｎをはじめとしたオンラインショップで検索をかける。しかしそれも徒労に終わった。

出版自体かなり昔なためか電子書籍化されておらず、中古本しか取り揃えがなかった。

その中古本もプレミアがついていて高校生が手を出せる値段じゃない上に、発送までに時間がかかるとの記載。

「くそっ……」

諦めて、奏太は書店を巡る事にした。

Ｇｏｇｌｅマップを駆使して、市内の書店と図書館を回る。

しかし巡れど巡れど、お目当ての本は見つけられなかった。

文月曰く『砂漠の月』はヒットどころか重版もしていない、ひっそりと棚に並んですぐに消えていった入手困難な一冊だ。時間だけが無情に過ぎていき、やがて市内で訪れていない書店が文月のバイト先だけになってしまう。

そこで出くわしてしまったら本末転倒なので、その書店の入店は諦めた。

「何がなんでも、見つけてみせる……」

拳を固く握り、財布の中にまだ余裕がある事を確認した後、奏太は駅へと足を向けた。

◇◇◇

深夜、自室にて。

「やっと、読める……」

机にある一冊の本——『砂漠の月』を前に、奏太は深く息をついた。

結局、この本を入手するために隣町の書店も巡る事になった。

何店かは在庫切れで涙を呑む思いをしたが、県内でも有数の規模を持つ大型書店で、一冊だけ残っていたのを購入する事ができた。

数々の大物作家の本がひしめく棚の中、隅っこでぽつんとあった『砂漠の月』を見つけた瞬間の喜びは一生忘れないだろう。

その代償として帰宅時間が深夜になり親に怒られてしまったが、この本を手に入れられた成果に比べると瑣末な事である。

「さて、と……」

感慨もひとしおに、本を開く。

『砂漠の月』のあらすじは、うだつの上がらない主人公が、人生の一発逆転を狙って文学賞を取るべく奮闘する、というものだ。

——最初は正直、主人公が叶えられもしない大きな夢だけ見て、何も動かない姿を馬鹿にしていたんですよ。

カフェで文月が懇々と語った感想を断片的に思い起こしながら読み始める。

文月の言う通り、序盤は人間のクズを体現したような主人公がでかい口を叩いてばかりで、行動しない様相に辟易《へきえき》した。

しかしそれで読む気が失せるという事もなく、不思議と先が気になってしまい、次々とページを捲っていく。

——でも、彼は動かないんじゃなくて、動けなかったんです。主人公は、過去のトラウマが原因で人の目が怖くなって、自分の殻に引きこもるしかなかった。

——長い間ずっと、努力して苦しんでいた事が作者の巧みなミスリードで明かされて、一気に主人公の見え方が変わりました。

奏太も同じように、主人公に対する印象が変化した。主人公に共感できる部分もいくつかあって、少しずつ応援したい気持ちが湧いてくる。

——もう、そんなに苦しいならやめたほうがいいってくらい、見てられない醜態を晒し続けてたんですけど、彼はもう、やめることが出来なかったんですよ。

——過去のトラウマが原因で人と関わる事ができなくなって、それでも自分の存在理由はどこかと探し続けて、やっと辿り着いた最後の希望に縋るしかなかった。

——昔に囚われて、選択肢が自分の中で消えた後でも先に進もうと苦しみ続けていました。そんな、どうしようもない弱さと同時に、意地とでも言うべき強さがあったんです。

ここのパートは思った以上に重い話で、ページの進みが遅かった。

途中で集中力が切れて休憩したり、読む場所を机からベッドに変えたりした。

時刻は夜の三時を回ってしまっている。明日の授業での居眠りは避けられないだろう。

しかしそんな事はもはやどうでもよくなっていた。文月の本心を知るためにという当初の目的は頭から消えて、奏太はこの冴えない男の物語に魅了されていた。

この物語の結末を見届けたい、その一心になっていた。

——結局、最後に彼は夢を叶えられないまま病を患って死んでいくんですけど……どこか満足そうなんですよね。

——夢を叶えようともがき、足掻いているうちに、彼の頑張りをちゃんと見てくれて応援してくれる人や、気の置けない親友もできて。

——最後に一人ぼっちじゃなく死んでいけた彼は、きっと幸せだったと思います。

「うー……あー……予想はしていたけど……きついなぁ……」

そんな言葉が漏れてしまう展開に、奏太は頭を押さえる。

瞳の奥が熱い。油断したら目尻から何かが溢れてきそうだ。

まだ物語は終わっていないと、奏太は自分に言い聞かせた。

その先は、文月の感想では語られなかったエピローグ。

主人公が残した遺言を、親友が見つけるシーン。

——内容の面白さはもちろんですが、何よりも主人公の最期の遺言で、完全にやられてしまいました。

——どんな遺言だったの？

——言いません。ネタバレになってしまいますので。

あの時は知る事ができなかった遺言の一言一句に目を通して――全てがわかった。

ゴミ屑のような人生の果てに、主人公が手にしたものも。

『砂漠の月』という本のタイトルの意味も。

そして……文月の本心も。

全部、全部、わかった。

「やっぱり、そうだったんだ……」

視界が滲む。声も震えていた。奏太の頰を伝う一筋の涙が、カーテンの隙間から差し込む朝陽に照らされきらりと光る。「そろそろ起きなさい」と母親が部屋を訪れるまで、奏太はベッドの上から動く事ができなかった。

◇◇◇

「ありがとうございました、またのご来店をお待ちしております」

本を購入したお客様に感謝の言葉を伝えてから、私は小さく息をつきます。

ちらりと時計を見ると、時刻は夕方の五時。

今日は朝からバイトに行っていますが、もうそんなに経ったのかと驚きます。

本屋さんという場所は不思議です。外では全く喋れない私が、ここでなら人と目を合わせてコミュニケーションを取る事ができる。私が唯一、安心できる場所。

この街に引っ越してきて、本屋さんでバイトしようと決めたのは私の人生において一番の英断だったかもしれません。

「葵ちゃーん、レジ交代するね」

「はい、お願いします」

持ち場の交代の時間になりました。

パートの如月《きさらぎ》さんとレジを入れ替わって、本棚の整理に向かいます。その途中、私と同じ高校の制服を着た女子生徒が、向こうからやってくる姿が見えました。

思わず、私は棚の陰に隠れます。

生徒が歩き去ってから、私はほっと胸を撫で下ろしました。

体調不良を理由に学校を休んで、はや十日が経過しています。

平日から学校という時間が抜けたわけですが、私としてはさほど変わらない日々を送っていました。

朝起きて、バイトがある日はバイトへ行って、それ以外の時間は読書。

バイトがない日は一日中、読書。とてもシンプルなものです。

元々学校でもずっと本を読んでいたので、やっていることはそう変わりません。

ただあえて変わった点を挙げるとすれば……清水くんと過ごす時間が無くなったくらい

でしょうか。

期間にして約一ヶ月半、私に時間を使ってくれたクラスメイト。

地味で根暗でその辺に落ちている小石くらいの存在だった私に、彼が何故あんなにぐいぐい来たのか未だに理由がわかりません。

一緒に話したい、一緒に読書をしたい、一緒にカフェに行きたい。

今まで人から求められる事が無かった私にとって、清水くんという存在は特異点そのものでした。夢か幻でしたと言われたほうがまだ納得がいきます。

彼がどんなつもりで私と関わりを持とうとしてきたのか、気になるところではありますが……知る機会は無さそうです。もう、彼と会うことも無いでしょうし。

そう考えると、胸にちくりとした痛みが走りました。

何故？

わかりません。この痛みも、本に載っていませんでした。

(私、何を……)

本をマニュアルとは違う並べ方をしていた事に気づき、ハッとします。

胃の辺りが妙にむかむかしていて、例えようのない不快感がありました。

おかしいですね、お昼ご飯はおにぎり二つしか食べてないのに。

言葉で説明できない違和感を無理やり呑み込んで、私は本棚の整理に集中します。

「文月さん、ちょっと」

しばらく本棚の整理をしていると、店長の佐々木《ささき》さんが声をかけてきました。

佐々木さんは四十歳くらいの男性の方です。

確か以前、中学生になる娘さんがいると仰っていました。

「はい、なんでしょうか？」

「作業の途中で悪いんだけど、ちょっと事務室来れる？」

ああ、あの件でしょうか。

「はい、すぐに」

一旦作業を中断し、佐々木さんと事務室へ向かいます。

「この前話してくれた、正社員雇用の件についてなんだけど」

こぢんまりとした事務室にて、一枚の紙を手に佐々木さんが切り出します。

紙にはずらりと私の個人情報が並んでいました。いわゆる履歴書ですね。

「文月さん、とても真面目だし働き者だから、うちとしては是非……と言いたいところだけど、今はまだ高校に在籍している状態だよね？」

「はい、まだ在籍しています」

「だよね。端的に言うと、その状態で正社員として雇用しちゃうのは、契約書や労基まわりで色々とややこしくてね……えっと、だから……」

そこで何故か、佐々木さんは言葉を切ります。

「わかりました。では、退学手続きの方を先に進めます」

私がすかさず言うと、佐々木さんはどこかバツが悪そうに眉をへの字にします。

それから履歴書を見て、真面目な表情で尋ねてきました。

「でも、本当にいいのかい？　その、学校は……」

履歴書の経歴の欄に書いた『戸神高校中退（予定）』という一文について、佐々木さんは引っ掛かりを覚えているようでした。

「はい、記載の通りですので。来週には退学届を提出して、正式に手続きを完了させる予定です。保護者の了解も得ているので、手続きも滞りなく進むと思います」

「ううん……そうなんだね」

私の言葉に、佐々木さんは腕を組んで困り顔をしています。

「ああいや、本来なら僕が口を出すのもおかしな話なんだけどね。僕には同じ年頃の娘がいるから、どうしても気になってね。ほら、今のご時世、学歴はかなり重要でしょ？」

「お気遣い、ありがとうございます。ですが……」

佐々木さんの目をまっすぐ見て、私は言います。

「もう決めた事ですので」

私の強い口調から揺るがない決意を感じ取ったのか、佐々木さんは諦めたように小さく息をつきました。

「わかった。じゃあ、退学届が受理されたら、正式に話を進めるよ」

「わかりました。ありがとうございます」

深々と頭を下げてから、私は事務室を後にします。

(これでいいんです)

胸中で独りごちて、私は持ち場へと戻りました。

再び本棚の整理をしながら、今一度頭の中も整理します。

学校に行かないと決めて、高校を退学するという決断に至るまでは早いものでした。

行かないのに学費を払い続けるのも意味のない事ですし。

そうと決まればひとまず、祖父母へその旨を連絡しました。

小学校、中学校と、私がどんな生活を送ってきたか把握している祖父母は、嘆息しつつも『葵ちゃんの好きにしなさい』と了承をしてくれました。

その時はちょっぴり……いえ、かなり胸が痛みましたが……。

それでも、私の意思は変わりません。

佐々木さんの仰った通り、高卒という学歴を捨てるのは惜しいですが、今ならオンラインで高卒認定の資格を取ることもできます。成績も高い水準を維持していましたし、学力面で不足する事はないだろうという自信はありました。

生活費の面においても、今バイトとして働いてる書店で正社員として雇用してもらえる目処が立ったので、当分は心配しなくてもよいでしょう。

今ここで高校を退学しても、さほど困る事はありません。

数々の本で得た知識で把握済みでした。やはり本は偉大です。

そう、困る事はない。問題はありません。これでいいんです。

理屈では正しいはずなんです。

なのに。

いつの間にか止まってしまっていた手が、自分の前髪にそっと触れます。

(これで、いい……これでいいはず、なのに……)

前髪に触れていた手が、今度は胸の方に。

生まれたくない胎児のように身体を丸めて、思いました。

(この十日間、胸から消え去らないこのモヤモヤは、一体何なんでしょうか?)


「よっ」


聞き覚えのある声に、身体がびくんと震えます。

いや、まさか、どうして。

頭の中にたくさんの言葉が溢れ出します。

今の私にこんな言葉をかけてくる人物は、一人しか思い当たりません。

恐る恐る、振り向きます。

予想通り、以前と変わらない、飄々とした笑顔を浮かべた清水くんがそこにいました。

◇◇◇

「よっ」

奏太が声をかけたら、文月は食事中のハムスターに触った時のように身体を震わせた。

ずっと見たかった顔立ちが、奏太のほうを向く。

十日ぶりの文月は、まるで不審者に遭遇したとばかりの表情を浮かべていた。

「久しぶり。元気だった？」

「……何しに来たんですか？」

初めて出会った時よりも警戒心の濃い目を向けてくる文月。

明確な敵意を感じ取って怯《ひる》みそうになりつつも、奏太は平静を装う。

「十日も学校に来ない友達を心配して見にくるのは、おかしい事じゃないでしょ？」

奏太が言うと、文月はきゅっと唇を嚙み締めた。何かを堪えるような表情。

今の奏太には、わかる。『友達』というワードに、文月は強い反応を示すのだ。

「……余計なお節介ですね」

「こういう性格なんだ。ごめんよ」

「全然悪びれてないですよね」

「バレたか。でもなんにせよ、今日は居てくれてよかったよ」

「今日は……？」

文月が目を見開く。

「まさか、毎日お店に来てたんですか？」

「毎日ってわけじゃないよ。昨日と、一昨日かな？　放課後に来たんだけど、いないっぽかったんよね」

「昨日と一昨日は、夕方には上がってたので……というか、ずっと会えなかったら、どうするつもりだったんですか？　私が辞めたり、長期で休みとか取ってる可能性も……」

「それは無いでしょ。文月、本超好きだし」

奏太の言葉に、文月は息を詰まらせる。

「まあ可能性として少しは考えていたけど、最悪、お店の人に聞いたら何とかなるかなーと思ってたんだよね。何はともあれ、三日目で会えてよかったよ」

百円拾ってラッキーくらいの調子で笑う奏太に、文月の瞳に動揺の色が浮かぶ。

最後にあんな別れ方をして、十日も学校を休んだにも拘わらず、以前と変わらない調子で接してくる奏太に調子を狂わされているようだった。

それでも未だ強い警戒心を露わにする文月が、強い言葉を口にする。

「それで、用件はなんですか？　先に言っておきますが、学校に来いとか、そういった要望は受け付けませんからね。私は……」

「まーまーまーまーまー！」

両掌を押し相撲みたいに差し出して、奏太は言う。

「実は、今日は文月を誘いにきたんだ」

「誘い？」

訝しげに眉を顰める文月に、奏太は立てた親指を出入り口にクイっと向けて言った。

「バイト終わったらボウリング行こ！」

しん、と静寂が舞い降りる。

何言ってんだコイツは、と文月の表情が疑念に染まっていた。

「何食べたらこの状況でそんなお誘いが出てくるんですか？　その辺に生えてる毒キノコでも拾い食いしたのですか？」

「いや、約束したじゃん」

「え？」

「タイミングが合えば行きましょうって、文月が言ったよね？」

「あ、あれは、あの時だから、前向きだったわけで……」

「でも、行くって言った事には変わりないよね？」

「それは、そうですが……」

文月が目を背ける。我ながら強引だと思いつつも、奏太に引く気はなかった。

ここで引くわけには、いかなかった。

「そもそも、どういう意図ですか？」

「特に意図はないよ？　強いて言うなら、文月と楽しく遊びたいからかな？」

逃げ道を探すかのような文月の質問に、間髪入れず奏太は答える。

にこにこと屈託のない笑顔を浮かべる奏太。

これは何を聞いても無駄だと判断した文月が、魂ごと溢れそうなため息をついた。

それからわかりやすく、うんうんと考え込む文月。しかしやがて、彼女自身の性格である誠実さと、自分が言った事を反故にしないという信条が優ったのか。

「……バイト、七時に終わるので待っていてください」

力無く言う文月に、奏太は内心でガッツポーズを決めるのであった。

◇◇◇

時刻は夜七時半、書店からほど近い場所にあるボウリング場。

「……これ、どうやって投げるんですか？」

細長いレーンを前に、ボールを両手で持つ文月が首を傾げる。

「流石にボウリングの知識は本に書いてなかったか」

「ピンポイントでボウリングの解説書を読む機会なんてありませんから」

「ピンだけに？」

「帰りますよ？」

「一人になっちゃうからやめて！」

「ピンになってしまいますね」

「それはうまい」

「茶番はいいですから、早く教えてください」

「えっとねー、まず、この三本の穴に利き腕の方の指を入れて……」

「こうですか？」

「あ、そこの穴には人差し指じゃなくて中指を入れるんよ」

「な、なるほどです……」

文月は正真正銘の初心者らしく、恐る恐るといった様子で穴に指を入れている。ちなみに視界不良でのボウリングは危ないので、今の文月は前髪を上げたバージョンだ。

「それからここら辺に立って、まず左足を出して……」

「左足……」

奏太の動きを真似して左足を踏み出す文月。

入店するまで明らかに乗り気じゃない様子だったが、乗ったからには真面目にやろうと決めたらしく、奏太の説明を熱心に聞き入っていた。

ちなみにシューズを借りるというシステムを知らず、そのままローファーでエリアに入ろうとした文月が店員さんに注意されたり、最初に持ったボールが予想以上に重く、持ち上げようとして童話の『おおきなかぶ』みたいになったりと、見ていてほっこりするエピソードがあったのは胸の中にそっとしまっておこうと思う。

「それで、あそこに並んでいる十本のピンに狙いを定めて……」

まず最初はお手本として奏太が投げた。フォームがわかるようにゆっくりと投げたが、大きさの割に重量感のあるボウルは綺麗な軌道を描いてピンに向かっていく。

ガラガラコーンと爽快感のある音がして十本のピン全てが倒れた。

『ストライーク！』

ぱんぱかぱーんと効果音が鳴り響き、頭上に取り付けられたディスプレイに、「イェイ♪　イェイ♪」と踊るヘンテコなマスコットキャラクターが映し出された。

なんとテンションの上がるアニメーションだろう。

「おお……」

文月が感嘆の声を漏らす。

「……と、まあこんな感じかな？」

一投目でちゃんとお手本のようなボウリングを披露することが出来て、奏太は胸を撫で下ろす。ボウリングはいつメンたちとそれなりにしてきたが、実力で言うと奏太は中の上くらいで、三回に一回ストライクが出たらいいかなというレベルであった。

「ぱっと見は簡単そうに見えますが、いざやってみると難しいのでしょうね」

「最初は真っ直ぐ投げるのも難しいと思う」

「両サイドの溝の存在が意地悪です」

「絶望の溝、ガターね。あれにどれだけのボウルが散っていったことか……」

「そんな大袈裟な……もう、投げていいんですか？」

「いっちゃえゴーゴー！」

「先に言っておきますが、運動神経には自信がないので期待しないでくださいね？」

「そんな肩肘張らずに楽しも。ボウリングは一回のターン……つまり一フレーム毎に二回まで投げられるから、初手でミスしても大丈夫だよ」

「なるほど、では……」

てくてくと、ボウルを持った文月が足を踏み出す。

基本を忠実にこなしたいタイプなのか、ぎこちなさはあるものの、文月は奏太のフォームと同じような動きでボウルを放った。

放たれて一秒後、がこんっと音を立ててガターに吸い込まれるボウル。

『ガター！』

効果音が鳴り響き、頭上に取り付けられたディスプレイに、「オーマイガー！」と泣き崩れるヘンテコなマスコットキャラクターが映し出された。

なんとテンションの下がるアニメーションだろう。

「やっぱり意地悪です」

しょんぼりと肩を落とす文月。どうやら彼女なりの全力だったらしい。

「どんまい！　最初はそんなもんよ、気にしない！」

ここでやる気を無くされてしまっては元も子もないので、奏太は可能な限りのフォローを入れる。相手のテンションを上げるのは奏太の得意分野だ。場を盛り上げるために、悠生や陽菜たちをひたすらヨイショしまくってきた経験が活きた形である。

奏太のフォローの甲斐あってか、「まあ最初から出来たら苦労しませんよね」と文月は気を取り直してくれた。

「真っ直ぐに投げるコツなんだけど……」

それから少し時間をとって、奏太は文月にレクチャーを施す。

いつメン＋αで遊ぶ際など、ボウリングが初めてのメンバーに教える事もちょくちょくあったので、その時の経験も見事に活きた。

「……という感じ意識すると、かなり真っ直ぐいきやすくなると思う」

「なるほど……やってみます」

こうして奏太から伝授されたコツを踏まえて放たれた文月の二投目は、ど真ん中とは言わないもののガターに落ちることなく、六本のピンを倒して気持ち良い音を立てた。

「やった、倒れました」

四本に減ったピンを指差して文月が奏太を見る。

珍しい石を見つけた子供が親に見て見てと言ってるみたいだ。

「お、良いじゃんその調子！」

奏太が大袈裟に褒めると、文月はまんざらでもなさそうに口元を緩める。

「でも、やっぱり少しずれてしまいましたね。何故でしょう……」

「ボウルを離した後の腕が少しだけ右に寄ってたからかな？　リリース後の腕の方向は真っ直ぐ！　を意識すると良いと思う」

「わかりました、やってみます」

文月は真面目な表情で頷いた。

理屈を学んだ後は練習あるのみだと、それからお互いにボウルを投げ合う。

何度か投げているうちに感覚を掴んだのか、文月の球筋が少しずつ安定してきた。

一投目で残ったピンを二投目で倒すスペアも出したりして、スコアも伸びてくる。

彼女は下手にアレンジや自己流に走ることなく、言われた事に全神経を注いで素直に実践するという、勉強やスポーツの上達において重要なマインドを持ち合わせていた。

言うなれば、とても素直だった。

という旨を奏太が伝えると、文月は目を左上に向けてから口を開く。

「アメリカの作家、ナポレオン・ヒルは言いました。物事の基礎を学ぶうえで、他人の真似をする事は、むしろ好ましいことである、と」

「まさにその通りだね」

「結果を出したいのであれば、結果を出している人の言う通りにするのが近道なので」

言われて、奏太の心が小躍りする。ボウリングという遊びの領域ではあるが、文月に『結果を出している』と評されるのは嬉しいものだった。我ながら単純だと思う。

そうして迎えた、十フレーム目。

ボウリングは一ゲームが十フレームなので、最終ラウンドである。

このラウンドは他のフレームと違って三回投げることができる。

一投目と二投目でなんとかスペアを出し、迎えた三投目。

最後ということもあり、いっそう集中して投げられた文月のボウルは真っ直ぐにピンへと向かっていき――。

ガラガラコーン！

『ストライーク！』

ぱんぱかぱーんと効果音が鳴り響き、ヘンテコなマスコットキャラクターが「イェイ♪イェイ♪」と踊る。

「……っ。やりましたっ」

「ナイスストライク!!」

まさか一セット目からストライクを出すとは思わず、奏太は心底から湧き出た「すごい！」と大きな拍手を贈る。

控えめながらも小さなガッツポーズをして文月が奏太の方を見る。

まるで褒めて褒めてとアピールする子供みたいだった。

「いや本当に筋がいいね！　才能あるよ！　このまま練習したら世界一も間違いなし！」

「そ、そんな、大袈裟ですよ……」

と言いつつも文月は満更でもない様子だ。こうして最後に文月のストライクで締まるという後味の良い結果を残して、一ゲーム目が終わる。

スコアは奏太が１６２、文月は１１３だった。

「負けてしまいました」

「いやさすがにね？」

この経験値の差で負けたら奏太の方が不登校になってしまうだろう。

「この点数は、高いのでしょうか？」

「人生で一回目でそのスコアはめちゃ高いよ！　初心者だと100も超えない事も多いし、俺も初めてやった時は80とかそれくらいだったと思う」

「そ、そうなの？　やった……」

嬉しそうに目を細め、胸の前できゅっと拳を握りしめる文月。思わず敬語が取れているあたり、心の底から湧き出した『嬉しい』だったのだろう。

うぶで愛らしい仕草を目にして、奏太の顔の温度がほのかに上昇する。

思わず見惚れてしまいそうになって、奏太はぶんぶんと頭を振った。

「懇切丁寧に教えてくださり、ありがとうございました」

文月が改まって、ぺこりと奏太に頭を下げる。

「いやいやこちらこそだよ。教えた事を素直に実践してくれるし、教えたら教えた分だけスコアも伸びるから、レクチャーしている側としてはやりがいがあったよ」

「そうですか……それなら、良かったです」

文月の口元に小さな笑みが浮かぶ。ボウリングに来る前、書店でビンビンに向けられた警戒心はどこかへと霧散したようだった。

「これで、ボウリングは終わりなのですか？」

「一ゲーム目はね。次のゲームに移る事も出来るよ」

「なるほど」

ちらりと、文月が奏太に視線を向ける。

散歩を心待ちにしている子犬みたいにうずうずしていた。

「もう一ゲームやる？」

奏太が尋ねると、文月は目をぱあっと輝かせてこくこくと頷く。

わかりやす過ぎる挙動に奏太は思わず吹き出した。

「な、何笑ってるんですか」

「ははは、ごめんごめん」

「言っておきますけど、ボウリングの知識を感覚として身体に染み込ませたいだけですからね？　お金と時間を使って学んだ以上は、無駄にしたくはないわけで。はしゃいでるとか楽しんでるとか、決してそういうわけじゃないですから」

「はいはい、わかったわかった」

「な、なんですかその扱いは。私は本当に……」

不服そうに頬を膨らませ抗議の声を上げる文月。

（……本当、素直じゃないなあ）

苦笑しつつ、奏太はパネルを操作し次のゲームの開始ボタンをタップした。

◇◇◇

「いやー、投げた投げた！」

時刻は九時過ぎ。

ボウリング場を出て思い切り伸びをすると、右腕の筋肉がピリリと痛みを放った。

「腕の感覚がありません……」

横を歩く文月が右腕を摩《さす》りながらぼやく。

「普段使わない筋肉を酷使したからね。こりゃ、明日は筋肉痛だ」

「問題ありません。私は本さえ持てればそれでいいので」

「本を持つのも辛いかも？」

「それは困ります。なんて事をしてくれたのですか」

「まさかの逆ギレ!?　もう一ゲーム、もう一ゲームって続けたのは文月じゃん」

「それは、そうですけど……」

痛いところをつかれたとばかりに、文月はぷいっと目を逸らす。

結果的に、トータルで五ゲーム投げた。

人生で初めてのボウリングにしては、なかなかハードな回数だったと言えよう。

「…………」

「…………」

会話が途切れ、気まずい沈黙が舞い降りる。

今の状況としては、駅の方向へ歩く奏太に文月が付いてきている形だ。

駅方面に向かっているのは、文月の家がその方向にあるというだけで特に意味はない。

「そろそろ、話してくれませんか？」

文月が切り出して、足を止める。

言葉の意図を察した奏太も、二歩先で立ち止まる。

「……そうだね」

振り向き、文月を見る。先程まで楽しげだった表情には、警戒心が戻っていた。

心音が速度を上げる。微かに呼吸も浅くなる。

言うまでもないが、奏太が文月をボウリングに誘ったのにはちゃんとした意図がある。

文月とボウリングをしたいという気持ちとは別の、明確な意図が。

それは文月も察しているようだった。

「立ち話もなんだし、公園のベンチにでも座って話さない？」

余裕な素振りを見せて奏太が提案すると、文月はこくりと頷く。

本当ならカフェかレストランにでも入りたいところだが、周りに人がいる環境で話すのは違う気がした。二人きりで、ちゃんと話したかった。

少し歩いたところにある公園に入って、お手頃そうなベンチを見つける。

そのベンチに座るなり、文月は手を擦り合わせた。

十一月にしては暖かいとはいえ、空気にひんやりとした冷たさがある。

「ごめん、ちょっと待ってて」

「え、あ……」

立ち上がり、小走りで駆ける奏太。公園の隅っこに物寂しく設置されていた自動販売機で、ホットのココアとお茶を買ってからベンチに戻った。

「念のため聞くけど、どっちがいい？」

「……ココアで」

「だよね」

「ありがとうございます。お金は……」

「いいから、いいから」

ココアを手渡すと、文月はぺこりと頭を下げる。

奏太もベンチに座り直して、二人で喉を温めた。

「…………」

「…………」

九時過ぎの公園に人気はない。時折、どこからか車の音が聞こえてくる。

その静けさと胃に落ちた熱い液体が、奏太の精神に落ち着きを取り戻していた。

奏太がお茶を半分くらい飲み進めたあたりで、文月が口を開く。

「清水くんって、本当に気が回りますよね」

じっと、ココア缶に視線を落とす文月。

「人の気持ちは、割とわかるほうだからね」

「だったら……」

ぎゅっと、ココア缶を持つ文月の手に力が籠る。

「私が今、何を考えているのかも、わかりますよね？」

「おおよそは」

ぺこりと、缶が音を立てた。

（……いよいよか）

ボウリングまでは前哨戦、ここからが本戦である。

冷たい空気を深く吸い込んでから、口を開く。

「今日、本屋を訪れた理由は二つあるんだ」

人差し指を立てる奏太。

「一つは単純に、文月とボウリングがしたかった。これは本当だよ？　俺から誘わないと、もう一生、文月とボウリングが出来ない気がしたからさ」

奏太の言葉に、文月が目を逸らす。現に文月は、もう学校に行くつもりは無かったし、退学届を出してそのままドロップアウトをする気でいた。

「……もう一つは、なんですか？」

早く本題に入れと言わんばかりの視線を真正面から受けて、奏太は言葉を空気に乗せた。

「また一緒に、図書準備室で本を読もうって、言いたくて」

やっぱりですか、と文月の表情が曇る。

浮かんでいる感情は、呆れと失望。

そして、敵意だった。

「私、言いましたよね？　学校に来いとか、そういった要望は受け付けないって」

「言ったね」

「もう一度言わないとわからないんですか？　もう放っておいてください。私は一人でいたいんです。人と関わったらロクな事にならないので」

いつにも増して刺々しい語気の文月からは、揺るぎない意志が伝わってくる。

触れたら弾けてしまいそうなほど、強い拒絶。

思わず怯みそうになるが、動揺を悟られないよう奏太は続ける。

「文月とちゃんと話すようになって、一ヶ月半くらい経つよね」

「……それが何か？」

「なんだかんだ、色々したなって。お薦めを色々教えてくれたり、図書準備室で一緒に本読んだり、カフェで一緒に本読んだり……本ばっか読んでると思ったけど、今日はまさかのボウリングデビューだ」

「だから、それが、なんですか？」

「楽しかったでしょ？」

文月が息を呑む。

「俺はめちゃくちゃ楽しかったんだけど。なんだかんだで文月も、俺と過ごす時間が楽しかったんじゃない？　少なくとも俺には、そう見えたんだけど」

ほんの僅かに、文月の瞳が揺れる。奏太の言葉の意図をすぐさま察したようだった。

「楽しかったら、何なんですか？」

揺らぎを抑え込んで。奏太に睨むような目を向ける文月。

「人と一緒にいたほうが楽しいだろう、だから一緒にいよう、みたいな切り口で説得しようとしても無駄ですからね。確かにこの一ヶ月は、初めての事も多く新鮮さはありましたし、楽しいと感じる時もありました。ですが、その上で私は……やっぱり一人がいいという結論を、出したんです」

「その結論は、絶対に変わらないの？」

「よほどの事がない限りは」

「友達の俺が本気で頼むのは、よほどの事じゃない？」

じっと、文月の顔を見て奏太は尋ねる。

「……頼んでも、ダメです。そもそも……私と清水くんは友達じゃありませんから」

「ええっ」

この返しは予想外だったため、思わず声が上擦ってしまう。

「この前は友達って言っても否定しなかったじゃん」

「あの時はそう言いましたが……思い直してみて、やっぱり違うと思いました」

「面と向かって言われると心にくるものがあるね」

「オブラートに包んでも仕方がないですので。あと……」

どこか瞳に迷いを浮かべてから、文月は言う。

「そもそも私に……友達は必要ありませんから」

「それは嘘でしょ」

反射的に言葉が飛び出た。

「嘘だと、どうしてわかるのですか？」

文月の声に、怒気が宿る。

「俺は、知ってるから」

「……何をですか？」

低い声。

「文月は……本当は友達が欲しくて欲しくて、仕方がないんだって」

急に文月が立ち上がった。

「私の、何がわかるんですか……!!」

先程までの落ち着いた声色とは一転、荒い口調の文月。

「友達なんて、居ても煩わしいだけです！　利害関係をいちいち考えて、お互いの顔色を窺わなきゃいけない。その友人関係における自分の立ち位置を全うしなければいけない。限られた自由時間も費やさないといけない……そんな面倒な関係性、私はまっぴらごめんです」

早口で捲《まく》し立てられる言葉の数々。それが奏太には、自分の本心から目を背けるために捻り出した屁理屈にしか聞こえなかった。

自分の指摘が文月にとって図星だったと、奏太は確信する。

先日、美琴に自分の本質を言い当てられ、行き場のない怒りを感じたのと同じだ。

はあはあと息をつきながら、奏太を睨みつけて文月は言う。

「ご理解、いただけましたか？　繰り返しになりますが、私に友達なんか必要ありま……」

「砂漠の月」

奏太が呟くと、文月がハッと言葉を切る。頭の回転が速い文月は即座にある一つの可能性に気づいたらしく、怒りに滲んでいた表情がみるみるうちに驚愕に染まっていった。

「読んだの、ですか……？」

「もちろん」

深く頷いた後、奏太は鞄から一冊の本──『砂漠の月』を取り出し文月に見せた。

信じられない、と文月が目を見開く。

「まーーーーじで手に入れるの大変だったよ。市内の書店や図書館は全滅でさ。隣街の大きな書店で、やっと見つかった」

「どうして……わざわざ、そんな……」

「これを読めば、文月の事がわかると思って」

奏太が言わんとしている事を、文月はすぐに察したようだった。

「前に言ったよね。この本の主人公には、自分かと思うくらい共感出来たって」

つまり、『砂漠の月』の主人公と文月は、非常に近い存在。

文月自身その自覚が強くあるからこそ、わかりやすく動揺が表に出ていた。

「もちろん、この本の主人公が文月そのものとは言わない。違う点もたくさんある」

立ち上がる奏太。文月は一歩、逃げるように後ずさる。

「だけど、最後のシーンの遺言に関しては特に、文月は強い憧れを持ったんじゃないかな」

――何よりも主人公の最期の遺言で、完全にやられてしまいました。

文月がそう評した、この物語の真骨頂。

『砂漠の月』というタイトルの語源にもなったフレーズを、奏太は口にした。

「果てしなく続く砂漠をただ這う人生だったが、ふと夜空を見上げると、それはもうとても綺麗な月が出ていた。心を許しあえる友と出会えた事は、無味乾燥な僕の人生において至上の喜びであった」

「――――っ」

口元を手で押さえ、声にならない悲鳴を上げる文月を見れば、答えは明白だった。

「文月も、欲しかったんでしょ。文字通り、心を許しあえる友達が……欲しかったんだよね?」

今度は否定されなかった。当然だ。

否定すると、文月は本に対する自分の言葉を否定する事になる。

それは読書家として高いプライドを持つ文月には耐えられない所業だろう。

代わりに降りてきた沈黙の間に、思い出す。

カフェで読書をしていた時、奏太に友達と言われた文月は心底嬉しそうにしてた。

逆に帰り道で美琴と出くわして、奏太が咄嗟に「知り合い」と誤魔化した時には、とても悲しそうにしてた。口では友達なんて……と言う癖に、友達に対し誰よりも強い憧れを持っていた事は明白だった。

それを文月に、自覚させせなければならない。

「どうなんだ、文月?」

焦り、戸惑い、恐怖、混乱。

様々な感情が交じって揺れる瞳をまっすぐ見て、逃がさないとばかりに奏太は問う。

「わ、たしは……」

まるで助けを求めるかのように、文月は左上に目を向けて。

「フランスの作家、ジャック・プレヴェールは……」

「葵!!」

お馴染みの引用で御託を並べようとする文月、いや、葵を一喝する。苗字ではなく下の名前で呼んだ事は、自分は葵の友達だという何よりも強い意思表示であった。

「有名人の言葉じゃなくて、葵自身の言葉で聞かせてほしい」

優しく、奏太は尋ねた。

「葵は、本当は、どうしたいの？」

やや間があって。

「わた……私、は……」

弱い自分を守っていた仮初《かりそめ》の理屈が、ポロポロと崩れ落ちて。

ただの一人の女の子になった葵が、言葉を溢す。

「友達が、欲しいです」

たった一つの願望が、空気を震わせる。

ぽたりと、地面に何かが落ちる。

「朝、友達と一緒に学校に行ってみたいです。昼休みに友達と一緒にご飯を食べてみたいです。放課後に友達と一緒にマックとか行ってみたいです。友達とノートを見せ合ってテスト勉強をしてみたいです。友達と一緒に本や漫画やアニメの感想を言い合ってみたいです。友達の家に泊まって夜中までお喋りしてみたいです。友達と一緒に旅行とかしてみたいです。一緒に笑い合えて、助け合えて、学校を卒業しても定期的に連絡を取り合えるような……そんな友達が、欲しいです」

自覚したら、止まらなかった。

ぽたり、ぽたりと、長い前髪をかき分けるように透明な雫が滴り落ちる。

「やっと、言ってくれた……」

奏太の胸に安堵が舞い降りる。

「一人はもう、嫌です。誰かと一緒に居たいです。でもこんな、地味で根暗で卑屈で家庭も複雑で面倒臭い私なんて、友達が出来てもどうせすぐまた嫌われてしまいます。わかってるんです。どうせまた、同じ事を繰り返すんです」

（同じ事……なるほど……）

嗚咽《おえつ》交じりに吐き出された葵の言葉を聞いて、やっとわかった。

葵が友達という存在に強い拒否感を覚えていた理由。小学校の頃か中学校の頃か、葵は昔、心を通わせていた友人に裏切られた事があるんだろう。

その出来事が辛くて、もう二度と経験したくないって思って。こんなに痛い思いをするのなら最初から、友達なんて作らなければいいと思ったのだろう。

でも同時に、憧れもあったんだ。

自分を裏切らない、ずっとそばにいてくれる。

そんな友達が出来るんじゃないかという、淡い希望を。

葵の心中を察したら、胸が引き裂かれるように痛んだ。いてもたってもいられなくなって、ひとりでに身体が動く。

嗚咽を漏らして啜り泣く文月を、奏太は優しく抱きしめた。

すっぽりと、文月の身体が奏太の腕に収まる。

こんな小さな身体で頑張ってきたのだと思うと、居《い》た堪《たま》れなくなった。

文月の肩が驚いたように跳ねるも、抵抗はされなかった。

「一人になるとか、そんな寂しい事、もう言わないでくれ」

腕にぎゅっと力を込めて、切実な思いで言う。

「嫌な事とか、辛い事とかからは、俺が守るから、俺が……」

声に決意を灯して、これ以外ないだろうという言葉を奏太は贈った。

「俺が、葵の月になるよ」

その言葉には、魔力があった。

一人の女の子の、ずっと凍っていた心を解かす、魔力が。

冷たい十一月の空気を伝って、葵の鼓膜を震わせた言葉の効果は、すぐに現れた。

「う……ぁ……」

小さな両手がぎゅっと、縋りつくように奏太の服を摑む。

「あ……うぅ……あぁあ……ぁあぁあぁあっ……ひっ、うっ……あああぁあぁぁああぁ……うっ……ぅあああぁぁあぁあああああぁぁぁぁぁああぁあっ……!!」

葵は泣いた。大声で、しゃくりをあげたりして、赤ん坊のように泣きじゃくった。

ずっと冷静沈着だった葵の初めて目にする慟哭《どうこく》。

今まで溜め込んできた数多《あまた》の感情が、本心が、溢れ出して止まらないようだった。

奏太は何も言わず、その小さな背中を優しく撫でる。

葵の感触を、体温を、匂いを感じた。奏太の胸に顔を押し付けて、葵は泣き続ける。

そんな葵をずっと、奏太は抱きしめ撫で続けた。

雲一つない夜空に浮かぶ月だけが、二人を眺めていた。

◇◇◇

どのくらい時間が経っただろうか。

泣きやんで落ち着いた葵を、奏太は取り敢えずベンチに座らせた。

その隣に、奏太も腰を下ろしている。

「……大変申し訳ございません。私としたことが、取り乱しました」

久しぶりに口にした言葉は、葵らしい謝罪だった。

「ん、気にしないで。よくある事でしょ」

「よくはないと思いますが……」

葵は目元を泣き腫らして真っ赤にしていたが、テンションは元の葵に戻っている。

しかし一つ、わかりやすい変化があった。

端的に言うと、物理的な距離が近い。

腕に葵の肩がくっついて体温が伝わってくるくらいに。

「どうかしましたか？」

「いや……なんでも」

突っ込むのは無粋かなと思ったのと、もうしばらくこの状況を楽しんでいたいという思いがあって、触れないことにした。兎にも角にも、先ほどまで向けられていた警戒心や敵意は綺麗さっぱりなくなったようで、何よりである。

「なんにせよ。葵の本音が聞けてよかった」

「まさか『砂漠の月』を持ち出されるとは思いませんでした……あれは反則ですよ」

「それだけ葵の事を考えたって事だよ」

「っ……清水くんって、そういう恥ずかしい事をさらりと言いますよね」

「俺は至って大真面目なんだけどねー」

「俺が月になるとか……ラノベの主人公か何かのつもりですか」

「……なんか、思い出したら恥ずかしくなってきた」

あの時は、ノリと勢いに自分の本心が乗って思わず言い放ってしまった。

よくもまあ、あんな小っ恥ずかしい事を口に出来たものだと顔を覆いたくなる。

「私は……嬉しかったですけどね」

ほんのりと喜色を滲ませ、ぽつりと言って。

「ありがとう、ございました」

心の底から湧き出たとわかる感謝の念に、奏太は晴れ晴れとした気持ちで返した。

「どういたしまして」

するとそこで、葵がハッと思い出したように口を開いた。

「と、というか、何さりげなく下の名前で呼んでるんですか」

「親しい間柄だったら呼んでもいいんじゃゃ？」

「そういえば。そんな事を言ったような気もしますね……」

「ダメだった？」

「だめでは、無いですが……」

「ならいいよね、葵？」

奏太がにっこり笑って言うと、葵はどこか悔しそうな顔をする。

それからふと、考える素振りを見せて。

「……奏太くん」

「ぶふぉっ」

思わず咳き込んでしまった。

葵の口から紡がれた自分の名前に、言いようのないむず痒さが到来した。

陽菜や美琴に呼ばれても特に何も感じないのに、なぜ。

「改めて言われると、なんか恥ずかしいな」

「それが私の気持ちです。思い知ってください」

勝ち誇ったように言う葵は、どこか楽しそうだ。

楽しそうで、本当に何よりだった。

「……………話を戻すんだけどさ」

葵の考えを確認するために、尋ねる。

「とりあえず、学校には来てくれるよね？　葵がいないと、放課後が暇で仕方がないんだ」

「そう、ですね……」

葵が学校に来ない理由はもう、何もないはずだ。

しかし葵はぎゅっと、膝の上で拳を握った。

「でも、私……皆の前でやらかした上に長らく学校を休んで……ちょっと行きづらさがあるというか……また皆に、奇異の視線を向けられるのが、怖いと言いますか……」

「ああ、なるほど……」

それは確かにだった。

今自分が葵の立場だったら、学校に行くのは相当な勇気を必要とするだろう。

（何か、良い案は……）

考えていたら、ふと頭にある考えが思い浮かんだ。

前から薄々考えていたので驚きはなかったが、提案するには勇気が必要だった。なぜなら、この案を実現するには奏太の今の立ち位置や交友関係まで犠牲になる可能性があるからだ。

しかし、結論はすぐに出た。

(嫌な事や辛い事から葵を守るって、俺は約束した)

ならもう、迷いはなかった。

「大丈夫、俺に任せて」

どんと胸を叩いて奏太は言う。

「これは俺の経験則だけど、人って意外と、というかかなり他人に興味がないんだよね」

「えっと、それはそうだと思いますが。今の話と、どういう関係が……」

言葉の意図がわからないといった顔の葵に奏太は説明する。

「今でこそ、なんちゃって陽キャみたいなポジションにいる俺だけど、中学まではこんなんじゃなかったんだよね。髪も服も適当だったし、どちらかというとオタクグループで、ソシャゲのガチャの話題で盛り上がってるような男子中学生だった」

「想像がつきませんね」

「でしょ?」

意外そうに目を丸める葵に続ける。

「あるきっかけがあって、俺もいわゆる陽キャ！って感じのグループに入ってみたいと思ってさ。高校に上がる時に、ちょっと髪をそれっぽくしてみたり、『トーク力を上げるには！』みたいなヨーチューブ動画で勉強して、色々変えてみたんだ。そしたら今のグループで仲良く出来るようになった。中身はほぼ変わってないのに、それっぽい外見とトークを意識するだけで、周りから『こいつは陽キャっぽい』て思われたんだ」

一呼吸置いて、結論を述べる。

「その時、気づいたんだ。周りは思った以上に自分の見た目とか、表面上で見える振る舞いで印象を判断してるんだなって。だから葵も、見た目や振る舞いを変えてみるといいと思うんだ」

「つまり……具体的にどうすればいいんですか？」

珍しく話の着地点がわからない様子の葵。

そんな彼女に、奏太は悪戯を企む子供のような笑顔を向けて。

「明日、時間ある？」

◇◇◇

「なー美琴、奏太の事なんか知らね？」

ある平日の朝。ホームルーム前、本を読む美琴に悠生が尋ねた。

「さあ……特に何も聞いていないわ」

「だよなー。陽菜は？」

「昨日、RINE入れてみたんだけど、大丈夫スタンプしか返ってこなかった」

「一応、生きてはいるみたいだな」

「既読つかなかったら家凸しようと思ってた！　でも二日も学校を休むなんて、心配だよねー」

「奏太にしちゃ珍しいよな。今まで無遅刻無欠席だったし」

「それなー。なんか大きな病気とか罹《かか》ってないといいけど……」

（……十中八九、文月さん絡みでしょうね）

悠生と陽菜が心配する様子を尻目に、美琴は冷静に分析する。先日の屋上での一件と、二人がセットで休んでいるという状況的にそうとしか考えられなかった。

（心配ね……）

何か、トラブルでも起こったのだろうかと不安になる。

美琴自身、文月葵という少女は相当深い闇を持っていると見ている。

その闇に奏太が呑み込まれて、堕ちていったんじゃないかという推測があった。

いわゆる闇堕ちだ。

また、それとは真逆の可能性も頭に浮かんだ。

(まさか、二人一緒に駆け落ちなんて事も……)

別の意味で心配になってきた、その時。

「おい、あれって……」

「清水と、隣にいるのは……」

「嘘、まさか……?」

教室の入り口付近でざわめき。目を向けて美琴は、思わず硬直した。

二人仲良く並んで教室に入ってきた男女。

一人は紛れもなく奏太で、もう一人は……。

「あ！　そーちゃん！　と……え、誰?」

「あれ、文月じゃね……?」

「ええー!?」

陽菜が驚き声を上げるのも無理はなかった。奏太の隣にいる女の子はそれほどまでに、彼、彼女らの知る文月葵という人間の外見とかけ離れていたから。

長かった前髪はスッキリ切り揃えられている。軽くパーマをかけたのか、控えめながらもふんわりと可愛らしい髪型になっていた。ワンポイントであしらった髪留めも、小柄な

彼女の小動物めいた愛らしさを一層引き立てている。

「……可愛い」

教室の誰かが呟く。

遠目で見ても一発でわかるくらい、葵は可憐な美少女に変貌を遂げていた。

髪型を変えてコンタクトにするだけでこうも印象が変わるのかと、同じ女子として美琴は驚愕を隠せない。

(流石にこれは……予想外だわ)

思いつつ、同時に安堵の息を漏らす美琴。

奏太が葵にどんな説得をして、どんなやりとりをしてこうなったのかはわからない。

しかし、クラスメイトから葵に対し、好意的な視線や言葉が投げかけられている状況を見るに、考え得る限り一番良い形に収まったように思えた。

文月葵＝地味で根暗で不気味で、いつも本を読んでいて何を考えているのかわからない、いてもいなくても変わらないクラスメイトといったネガティブな空気感は、ものの見事に霧散していた。

状況が呑み込めない様子の悠生と陽菜、そして感心したように頷く美琴の元に二人がやってくる。

「みんな、おはよう！」

いつもと変わらない調子で挨拶する奏太。

その隣で、葵が恥ずかしそうに視線を彷徨わせている。

「ほら、葵も」

奏太が促すと、葵はびくんと肩を震わせた。

しかし意を決したように皆の方を向き、すうっと息を吸ってから言った。

「……みなさんおはようございます」

少し早口だったが、言葉はちゃんと皆に届いたようで。

「お、おっはよー……文月ちゃん」

まだ驚き冷めやらぬといったテンションで言う陽菜。

「お、おう……おはよう」

引き攣った表情で悠生が続く。

「おはよう、文月さん」

ある程度事情を知っている美琴だけは、平静の表情で言った。

「あの、聞いていいのかわかんないんだけど、そーちゃんと文月ちゃんって……」

おずおずと、陽菜が奏太に尋ねる。

奏太との関係性を知りたがっているのは明白だった。悠生も同じ気持ちだろう。

「ごめんよみんな、驚かせちゃって。葵は……」

いつメンの全員を見渡して、奏太は堂々と言った。

「俺の、友達だよ」

■エピローグ

放課後。教室を出た後、奏太はあの場所へ足を運ぶ。

「よっ」

「……どうも」

図書準備室に入るなり、葵がぺこりと頭を下げる。

ここへ来るのは実に二週間ぶりで、妙に懐かしい気持ちになった。

以前と変わらない定位置で本を開いている葵。

「……あの」

荷物を机に置くと、葵がじっと抗議するような目を向けてくる。

「とても、恥ずかしかったのですが」

「心中お察しします、アーメン」

「馬鹿にしてます？」

「冗談だって。まー何にせよ、うまいこと纏まって良かったんじゃん」

「それは……そうかもですが」

奏太の言葉に、葵は納得せざるを得ない様子だった。

朝の一幕から、今日の事を思い出す。

皆の前で『葵と仲良いです！』宣言をした後の展開は予想通りだった。

案の定、奏太と葵はいつメンと仲の良い他のクラスメイトたちから質問攻めを受けた。

どういう関係なのかと、仲良くなったきっかけはなんだと迫られた。

片やクラスで陽キャとして認識されている男子に、片や空気も同然だった陰キャ女子。

それだけではなく、地味で野暮ったかった葵がとんでもない美少女に変貌を遂げていたのだから、話題性は天井知らずであった。

と言っても、それらの質問に対しては奏太がほとんど答えた。外見は変わったとはいえ、葵の中身は店員さんと十文字以上話す事ができないアルティメットコミュ障だからだ。

近くの書店でたまたま会った事や、それから本をお薦めされるようになって仲良くなったなど、事実をベースにしつつも当たり障りのない感じで答えた。

放課後、毎日のように図書準備室で本を読んでいたことや、カフェで一緒に読書をした事などは、余計な火種になりそうと判断して伏せた。

なんにせよ、ちゃんと話したら皆納得した様子だった。

印象がガラリと変わるほどの外見チェンジをして堂々としていれば大丈夫という、奏太の仮説は当たっていた事になる。

もちろん、万事全てが上手くいったという訳ではない。

教室の中で奏太のカーストは上位の方で、少なからず好意を持っている女子もいた。

そんな彼が、少し前まで『図書室の魔女』と称され、悪い印象を持たれていたカースト下位の女子と仲が良い事実に、少なからず衝撃を受けている者もいた様子だった。

なんなら奏太に対し、ネガティブな感情を抱いたクラスメイトもいるだろう。

しかし、かといって、あからさまな態度を取ってくる者はいなかった。

「葵ちゃんめっちゃイメチェンしてる！　髪はどこでセットしてもらったの⁉　その髪留めも可愛いよね！　とにかく何もかもがかーわーいーいー！」

コミュ力が高く可愛いもの好きの陽菜は瞬時に葵を気に入ったようで、興奮した様子で話しかけていった。コミュ力強強過ぎる絡みに葵が怯えていたので、陽菜に美琴がチョップを入れていたのは微笑ましい光景であった。

悠生に関しては先日の一件があったため、葵と話しづらそうにしていたが、奏太や陽菜のフォローもあって少しはやりとり出来ていた。

美琴に至っては事情を知っているだけあって、すんなりと葵を受け入れてくれている。

一体どうなる事やらと、学校に来るまでの間は心臓がバクバクだったが、何はともあれ丸く収まるところに収まって良かった。葵の見た目が激変しているという違いはあるものの、元の日常に戻ってきた事に奏太はこの上ない嬉しさを感じていた。

「……なんですか？」

奏太から視線を注がれている事に気づき、葵が尋ねる。

「やっぱり、前髪を切ったほうが可愛いね」

「かわっ……」

ぼんっと、葵の顔が茹で蛸みたいになる。

「だから、揶揄わないでください……」

「いや、本当だって」

嘘偽りない、本心からの言葉だった。

ちなみに葵の髪は、奏太の行きつけの美容室で切ってもらった。顔馴染みの美容師さん曰く「こんなダイヤモンドの原石を今まで磨かずにいたなんて勿体無い！」とのこと。

ちゃんとすればもっと可愛くなるという奏太の見立ては大当たりだった。

いや、それ以上だった。負のオーラを纏った野暮ったい印象から激変。

街中を歩くと誰もが振り向くような美少女に変貌を遂げた。

正直なところ、まさかここまで変わるとは思っていなかった。

施術が終わった後、「ど、どうでしょうか……？」と恥ずかしそうに感想を求めてきた葵に、しばらく見惚れてしまったのは言うまでもない。

そうこうあって昨日は学校を休む羽目になったが、葵の仰天チェンジを間近に見られたと考えれば安いものであった。

「そういえば……」

本に視線を落としたまま、葵が言う。

「皇くん、謝ってくれました。この前はごめんなさいって」

「それはよかった。てか、謝ってなかったら俺が謝らせていたところよ」

「私はさほど、気にしていませんでしたが……」

「だとしても、変なわだかまりは残さないほうがいいでしょ。友達同士はなるべく、気を遣わない関係が望ましいからね」

「それは、確かにですね」

その時、奏太の脳裏にふと言葉が浮かんだ。

「日本の読書家、清水奏太は言いました。友達との貸し借りは、なるべく早く清算すべし」

「底の浅い名言ですね」

くすりと、葵が小さく笑う。

「読書家を名乗るなら、せめて千冊は読んでからにしてください」

「そのうち名乗れるでしょ。千冊くらい、どうせ読むことになるんだし」

「それって……」

机に本を置いて、葵に言う。

「これ読み終わったからさ。また、お薦めを教えてよ」

「……仕方がないですね」

嘆息しながら言いつつも、葵は満更でもない笑みを浮かべた。

それから葵にお薦めの本を教えてもらって、二人で読書の時間を過ごした。

ストレスのない、穏やかな時間はあっという間に過ぎて下校時刻になる。

特に声をかけ合う訳でもなく本をしまって、図書準備室を出た。

誰もいない図書室を抜け、人気のない廊下を歩く。

途中ついでにお手洗いを済ませてから、昇降口へ。

外に出ると、ひんやりとした空気が頬を刺した。

辺りはすっかり暗くなっている。

澄んだ夜空にぽつんと浮かぶのは、綺麗な月。

読書の秋は過ぎ去って、冬の訪れを感じさせた。

「ふぃー、寒い寒い……」

手を擦り合わせていると、隣からスッとペットボトルが差し出された。

「どうぞ」

「いつの間に」

ホットと思しきお茶を前に目を丸める奏太。

「さっき奏太くんがトイレに行っている間に買ってきました」

「そんな、気遣わなくていいのに」

「この前のココアのお返しです。友達は、貸し借りなしで付き合うべし、なんでしょう?」

得意げな顔で言う葵に、思わず笑みが溢れる。

「……こりゃ一本取られた」

降参だと、奏太はお茶を受け取る。

「あったけえー、沁みる……」

掌からじんわりと伝わってくる温もりにほっこりしていると。

「改めて……ありがとうございました」

「何のお礼?」

「色々です。私一人じゃ……学校に来れてませんでしたから」

葵の言葉に、奏太は少し考えて口を開く。

「俺は別に、大した事はしてないよ。少し背中を押しただけと言うか。結局のところ、学校に行こうって勇気を出して決めたのは、葵自身だから……葵が自分を褒めてあげるとよいと思う」

「……嬉しいこと言ってくれますね」

「そうでしょ。もっと褒めてくれてもええんやで？」

「調子乗らないでください」

「ありゃ、厳しい」

肩を竦めておどけて見せてから、奏太も自分の思いを口にする。

「……むしろ俺の方こそ、ありがとう」

「それは、何に対してですか？」

「それこそ色々だよ。葵と出会う前までさ……俺、ぶっちゃけ本なんてクソだと思っていたんよ。でも、葵と出会って……俺はたくさんの事を知った。本の面白さを、知識を得る喜びを、友達と物語の感想を共有する楽しさとか……色々知った」

葵をまっすぐ見て。

「俺に新しい世界を教えてくれて、ありがとう」

嘘偽りない感謝の気持ちを葵に伝えると。

「ふふっ」

「どうしたの？」

「いえ……なんだか、いいなって」

ほうっと夜空を見上げて、葵は言う。

「共通の趣味を通して、仲良くなって、お互いに良い影響を与え合って、成長していく

「……それってとても、素敵な事だなって、思いました」

ふんわりと柔らかい笑顔で彩られた、綺麗な横顔。

それを視界に収めた途端、奏太の心臓がどくんと脈打った。

（……あー、もう）

そろそろ、認めてもいいんじゃないかと、奏太は思った。

自分が葵を『異性として好き』だと感じている事に。

不思議と驚きはなかった。というか薄々、勘づいていた。

過去に好きな人がいた事も、女子と付き合った事もある身としては、葵に抱いている感情の正体を誤魔化すことはできない。

なんなら、葵と書店で出会ったあの日。ほんのりと顔を赤らめ恥ずかしそうにする葵を見た瞬間から、葵の事を異性として気になっていたのだろう。

あれから約一ヶ月半ほど、葵と過ごして。

直感的な「いいかも」から、確信的な「好き」に変わっていったのは、言うまでもない。

（俺、好きだ、葵のこと）

何が、どこが、なんて考えるのは無粋だ。

葵と話すたびに、葵の知的な一面を見るたびに、葵の笑顔を見るたびに。

胸がドキドキして、顔が熱くなる。それだけで、好きの証明としては十分だった。

葵に自分の気持ちを伝えたい。今すぐに、伝えたい。そう思った。
何と伝えようか。
――葵が好きだ。
頭に浮かんだ言葉を打ち消す。
（いや、違う……）
「奏太くん？」
不意に立ち止まった奏太に気づき、葵も立ち止まる。
（……やっぱり、これかな）
自分と葵の関係性にふさわしいフレーズが一つだけ浮かんだ。
というか、これしかないと思った。
きっと葵も、言葉の意味を察してくれるはずだ。
そんな確信があった。
「真面目な顔をして、どうしたのですか？」
怪訝そうに首を傾げる葵に、奏太は想いの言葉を贈った。
「月が綺麗ですね」
言った途端、葵は大きく目を見開いた。
呼吸も一緒に止まったんじゃないかと思うほど、わかりやすく驚く葵。

それからみるみるうちに頬を赤くしていく。
奏太の見立て通り、葵は言葉の意味を察してくれたようだった。
しばらく葵は逡巡していたが、恥ずかしそうにした後。
今まで見てきた葵の表情の中で、一番の笑顔を浮かべて。
返事を、口にした。
「あなたのためなら死んでもいいわ」

書き下ろし番外編

番外編　ある日のテスト勉強

期末テストが間近に迫ったある日の放課後、図書準備室。

「つまり明里は、ケーキを自分だけ食べた宗次郎に苛立ちを覚えたんです。だから宗次郎と三日間、口を利かなくなった。これが解答になります」

現代文の問題用紙を机に広げて、文月が奏太に解説をしている。

『どうしてもわからない問題は教えてあげないこともない』という文月のありがたいお達しに、奏太が甘えている最中であった。

「ふむふむ、なるほどなるほど」

奏太は頷く。しかしすぐに眉を顰め、納得のいっていない表情をして言った。

「でも、ケーキを食べたくらいで三日も口を利いてくれなくなるなんて、明里はよっぽどお腹が空いていたのかな」

「なんでそうなるんですか」

文月はチベットスナギツネみたいなジト目を奏太に向ける。

「明里は別に、ケーキを食べられたことを怒っていたわけじゃありませんよ」

「え、そうなの？」

「……清水くんって現実では察しが良い人なのに、文章になると一気に悪くなりますよね」

「いや〜、それほどでも！」

「褒めていません。いいですか」

　ピンと人差し指を立てて、文月は学校の先生みたいに説明を始める。

「明里と宗次郎は恋人ではありますが、その関係性は冷え切っていました。それは前の文章……二人の淡白な会話や、些細なことで言い争いになる描写から読み取れますよね」

「うんうん、確かに確かに」

「そんな関係を少しでも修復しようと、明里は宗次郎の大好きなケーキをホールで買ってきたんです」

「ふむふむ」

「ところが宗次郎は、明里が仕事から帰ってくる前に自分だけさっさと晩御飯を済ませてケーキを食べてしまいました。この点がまずかったんです」

「なるほど」

　顎に手を添え考え込んだ後、奏太は口を開く。

「……つまり明里は、宗次郎が自分と一緒にケーキを食べてくれなかった点に怒った、ということ？」

「その通りです」

よく出来ましたと言わんばかりに文月が頷く。

「心優しい明里ですから、宗次郎の喜ぶ顔が見たいという気持ちもあったんでしょう。でも何よりも、明里は宗次郎と一緒にケーキを食べたかったんですよ。一緒に時間を共有して、ケーキをつつきたい、他愛のない話をして心の距離を戻したい……という思いがあったはずです。でも、それを宗次郎が台無しにしてしまった。だから二人の関係はより冷え切ってしま……」

文月が言葉を切ったのは、じーっと見つめてくる奏太の視線に気づいたからだ。

「……なんですか？」

「いや、相変わらず凄いなと思って。書かれてある文章の、裏の裏まで読み切っているというか……もしかして、前に似たようなことを経験したとか？」

「ありませんよ。本で同じようなパターンを何度も読んだだけです。男性と女性の心のすれ違いなんて、手垢がたくさんついたテーマですしね」

「なるほどね！　てっきり付き合ってた人との経験からきた解説だと思ったよ」

「わかってて言ってますよね？　私には今まで、付き合った人はおろか友達もいません」

「そっかそっかー」

「なんで嬉しそうなんですか？」

「俺そんな顔してた？」

「私の見間違えじゃなければ」

「気のせいにしといて！」

「またよくわからないことを……まあ、いいですけど」

奏太の心中などさほど興味のない文月は、「解説は終わりです」とだけ言って、自分のテスト勉強に戻っていった。

邪魔をしては悪いと、奏太も簡単な感謝の言葉だけ伝えて、問題用紙との睨めっこを再開する。

カリカリカリカリとシャーペンが紙を擦る音が二つ、図書準備室に響き渡る。

テスト期間ということもあって部活も停止しているのか、音はそれだけであった。

しばらく経って。

文月のシャーペンの音が随分と長い間止まっていることに奏太は気づいた。ふと気になって目線を上げると、文月が腕を組み難しい顔をして問題用紙をじっと見つめている。

「詰まったの？」

「うるさいです。集中しているので、声をかけないでいただけますか？」

「ああ、その問題か。難しいよね」

「ちょ、ちょっと……」

いつの間にか文月のそばに来て問題文を覗き込んできた奏太に、文月がほんのりと動揺を溶かした声をあげる。文月の拒絶の言葉はどこ吹く風といった様子で、奏太は真剣な面持ちのまま言った。

「ここの計算式が違うと思う。代わりに解の公式を代入してみたらいいよ」

「あっ、確かに……」

何かに気づいた文月が再びシャーペンを走らせる。女の子にしては丸みの少ない計算式が次々に組み上がっていき、最後に一つの解が導き出された。

「そう、正解！」

わーぱちぱちと奏太が手を叩くと、文月はほんの少しだけ口元を緩めた。

しかしすぐにハッとして、鋭い視線を奏太に向ける。

「手伝ってほしいなんて言った覚えはありませんが？」

「でも困ってたでしょ？」

「それは……」

「まあまあまあ！　数学は得意だから！　いつも教えられてばっかりだからさ、たまには役に立ちたいと思って」

奏太の成績は現代文のみ悪いが、そのほかは軒並み九十点を超えている。

現代文さえなければ総合成績でトップ10には食い込む実力を持っているため、文月がわからない問題にも対処することが出来た。

「……」

文月は釈然としない顔をしていたが、奏太の善意を無下にも出来ないと思ったのか。

「……ありがとう、ございました」

シャーペンが走るくらいの小さな声量で空気に言葉を乗せた。

「どういたしまして」

奏太が屈託のない笑顔を見せると、文月はどこか居心地悪げな表情に戻って勉強を再開する。奏太も自分の席に戻っていった。

そうこうしているうちに時間はあっという間に過ぎて下校時刻になった。

特に声をかけ合う訳でもなく勉強道具をしまって、図書準備室を出る。

「文月はこれからバイト？」

校門への道のりを歩く奏太が隣の文月に尋ねる。

「いえ、今日はシフト外です」

「おや、珍しい」

「テスト期間中ですからね。なので、カフェでテスト勉強の続きをしようかと」

「やった！」

「なんで嬉しそうなのですか？」

「俺そんな顔してた？」

「今度は見間違えじゃないでしょう。やった、とか言ってましたし」

「いやー、文月とまだ勉強が出来ると思うとね」

「付いてきていい、と言った覚えはありませんが」

「ダメなの？」

「ダメ……というか」

ぴたりと文月が足を止めて、トーンを落とした声で言う。

「私なんかと一緒に勉強しても、つまらないだけだと思いますよ」

「俺は楽しいよ？」

間髪入れずに答える奏太に、文月が言葉を呑む。

「一人で集中したい……とかだったら仕方がない。諦めて帰るよ」

わざとらしくしょんぼりして言う奏太に、文月は盛大なため息をついて言った。

「……好きにしてください」

「やった！」

ぱあっと表情を明るくして声を弾ませる奏太。

まるで尻尾をぶんぶんする犬みたいだ。

文月の許可も得たので、そのままの足でカフェへ向かった。

今日訪れたカフェは、先日二人で読書のために訪れたチェーン店ではなく、個人経営のこぢんまりしたお店。文月曰く「ここは静かなので、勉強に最適です」とのこと。

「ここではあの長ったらしいメニューは注文しないよね？」

「しませんよ。毎回楽しんでいたら本を買うお金がなくなってしまいます」

「それは確かに」

そんなやりとりをしつつ、奏太はアイスコーヒーを、文月はアイスティーを注文した。

「シロップを忘れてきました」

それぞれの飲み物を持って席に着いてから、ハッとしたように文月が言う。

「取ってくるよ。いくつ？」

「いえ、私が行きます。シロップの大きさ次第で、いくつ取ってくるか変わるので」

「なるほど」

ならば仕方がないと、奏太は大人しく席で待っていることにした。今お店を切り盛りしているのは店主一人らしく、また間が悪く二人ほど注文口に並んでいた。

その後ろに、文月が静かに並ぶ。少し時間がかかりそうだと、文月が帰ってくるまで奏太は日本史の教科書を眺めて時間を過ごした。

「おかえりー」

「待っててくれたのですか」

手付かずのアイスコーヒーを見て、文月は僅かに目を見開く。

「一緒に時間を共有したいと思って」

さっき、図書準備室で文月が解説してくれた言葉をそのまま口にする。

特に意味は無かったが、なんとなく先に飲むのは気が引けた。

「……お気遣い、どうも」

「どういたしまして」

文月が席に着いて、こんもりと盛られたシロップをアイスティーに入れ始めた。

「そんなにシロップを入れる人初めて見た」

「糖分は正義なので」

そんなやりとりをしつつ、二人は喉を潤す。

「うん、美味しい」

「そう、ですね」

文月が微かに口元を緩める。

（一緒に時間を共有する、か……）

それは、とても良い時間だと、奏太は改めて思うのであった。

あとがき

中学、高校時代の僕はどこへ出しても恥ずかしくない立派なラノベの虫でして、休日や休み時間はもちろんのこと、挙句の果てには授業中にも物語の世界に没頭するハマりっぷりでした。最低でも一日一冊、多い日には三冊ほどを読了し、ベッドで眠くなるまで読み耽ったものです。

当時は電撃文庫やファンタジア文庫といった角川系のライトノベルが学校帰りのアニメイトの棚を占領していて、今ほど刊行点数は多くはなく、何百万部も売り上げているような作品が常に目立つように並べられていたため、同じくラノベの趣味を共有する友人との話題には困りませんでした。

僕のクラスにおいてラノベを主食としている生徒は少なかったため、教室では割と僕は浮いている方でしたが、同じくらい（あるいはそれ以上の）ラノベ大好きな友人が何人かいてくれたため、学校での時間はとても楽しいものになりました。

毎日ラノベを読みまくり、友人たちと読んだラノベについて放課後まで語らう……そんな青春時代を過ごしていました。あの頃はよかった（厄介な懐古厨）。

しかしその後、中学高校まで付き合いたてのカップルのごとく燃え上がっていた僕のラノベ愛は大学受験で一時中断されます。

身分差恋の悲劇のようにラノベと引き離されてしまったわけですが、中高六年間とラノベに時間を費やしすぎたため成績表に刻まれた数字は地獄絵図そのもの。社会に対する反骨精神旺盛だった僕も、苦渋の決断で受験勉強に励むこととなりました。

しかし大学受験の前日、「流石に勉強しなさい！」という母からのお達しと共にパソコンもスマホも没収されてしまったことに加え、受験のストレスが限界突破をしていた僕は、自主的に封印していた本棚に赴き『国語力の向上のため』という大義名分のもと八冊のラノベを読むという時間を過ごします。

まさに至福の時間でした。本当に、素晴らしい時間でした。今でも思い出せます。

それで再びライトノベル熱が戻ると思っていました。

しかし大学入学後、今度は自分が書く方にご執心になってしまい、様々な縁に恵まれ今こうしてラノベの後書きを執筆させていただく立場になったのもあり、最近はめっきりラノベを読む機会が減ってしまいました。しかも学生時代は一冊一時間半ほどで読めていたのに、今は五時間以上かかってしまいます。ちょうどカルビが辛くなってきた時期なので、自身の身体の衰えを痛感し戦慄したのは言うまでもありません。

本作を執筆している中で当時の自分の読書熱を思い出したので、まずは一日一ページを読むことから始めたいと思います（決意表明）読む体力を戻さねば……。

前段が長くなりましたが、初めましての方は初めまして！

他の作品でお会いした方はお久しぶりです、青季ふゆです！

『本嫌いの俺が、図書室の魔女に恋をした』の第1巻をお手に取っていただきありがとうございます。

本作は本嫌いの陽キャ主人公が、本がないと生きられない陰キャ少女と出会って、本を通じて少しずつ惹かれあっていくじれじれあまラブコメディとなっております。

属性が対極の二人がちょっとずつ距離を詰めていく感じのお話は大好物なので、とても楽しく執筆することができました。

じれあま良いですよね！　じれあま！

正直ぶった斬りますが、ヒロインの葵はめちゃくちゃ面倒臭い性格です。

友達がいなくなるのも仕方がないよなあと思いながら彼女の言動を見守っていました。

だけど、性格って基本的に相性だと思うのです。

クラスのほとんどの人に「面倒臭い」と距離を置かれたとしても、たった一人でもそばにいてくれる人がいれば、それだけで充分だと思います。

それが葵にとっての奏太であり、僕にとっての学生時代のラノベ友達です。

ちょうど僕の世代はネットやSNSが中学や高校くらいから日常に浸透していったのですが、この後書きを読んでくださっている読者の皆さんの中には、幼少の頃からすでに電子の海が身近にあったという方も多いと思います。なのでおそらく、僕の世代以上に、誰かと常に繋がりすぎて息苦しい、いつも誰かに嫌われないか気が休まらない、周囲の話題に合わせるため超スピードで変化していくトレンドに追いつくのに必死、といった悩みを多く抱えていると予想しています。

そんな世代の方々の悩みに対するある種の答え的なものが、奏太や葵を通じて伝えることができれば、作者としてこれ以上に嬉しいことはありません。

なんかいい話な感じで締め括ることが出来たので、このあたりで謝辞を。

担当Mさん、此度は図書室の魔女を刊行するご縁を頂きありがとうございました。

初対面の時、僕と同じように青春ものが大好物ということで意気投合して長々と語らった際、「この方となら絶対に面白い作品が作れる！」と確信したのを今でもありありと思い出せます。その確信は嘘じゃなかった！

イラストレーターのｓｕｎｅさん。本作のキャラクターたちに命を吹き込んでいただきありがとうございました！　葵がキャラデザで上がってきた瞬間に「葵だ！」となった感覚は一生忘れられません。個人的には姫宮のキラキラした感じも大好きです笑！

また本作を執筆するにあたって惜しみないアドバイスをくださった奈良県のＫＮさん、東京都のＫＦさん、ＹＴさんを始めとする友人たち。

テストのたびに悲惨な点数を取っていたにも拘わらず、僕のラノベ趣味を温かく見守ってくれていた両親、ｗｅｂ版で惜しみない応援をくださった読者の皆様、本書の出版にあたって関わってくださった全ての皆様に感謝を。

本当に本当にありがとうございました！

さて、最後に皆様にお願いがございます。

本作を読んでみての感想やレビューをＳＮＳに投稿したり、クラスのお友達や恋人や息子や孫に布教したりして、是非応援をお願いできますと幸いです。

そしたら、ＰＡＳＨ！文庫さんが２巻の刊行を一考してくれるかもしれません！

奏太や葵のその後は今のところ未定ですが、個性豊かな彼らならばきっとまた面白い物語を紡いでくれるはずです。たぶん！

それではまた、２巻で皆様とお会いできる事を祈って！

長文、最後までありがとうございました。

青季　ふゆ

この本を読んでのご意見・ご感想・ファンレターをお待ちしております。
〒104-8357 東京都中央区京橋 3-5-7
（株）主婦と生活社 PASH! 文庫編集部
「青季ふゆ先生」係

PASH!文庫

本嫌いの俺が、図書室の魔女に恋をした 1

2023年7月17日 1刷発行

著　者　青季ふゆ
イラスト　sune
編集人　山口純平
発行人　倉次辰男
発行所　株式会社主婦と生活社
〒104-8357 東京都中央区京橋 3-5-7
［TEL］03-3563-5315（編集）03-3563-5121（販売）
03-3563-5125（生産）
［ホームページ］https://www.shufu.co.jp
製版所　株式会社二葉企画
印刷所　大日本印刷株式会社
製本所　株式会社若林製本工場
デザイン　atd inc.
フォーマットデザイン　ナルティス（原口恵理）
編　集　松居 雅

 ISBN 978-4-391-15994-3